蝴蝶球傳奇

眞實與虛構

顏匯增著

三民叢刊 60

三民書局印行

目錄

〈上卷〉

〈中卷〉

〈下卷〉

上卷

上

卷

蝴蝶球傳奇

1.

由於小飛機一再的延誤，我來到這座小島時已然天色暗淡。我向機場的人問路，他們說這島只有一條環島公路，因此走錯路是不會的，最多是多走了一些路，終究是會到的。問清這島唯一的一所國中的位置，並再三確定方向無誤之後，我立卽朝學校的方向走去。走了一個多小時，才看見第一個村子。機場的人說學校就在這裡，看看腕錶，已經是七點半了。我找著一家小吃店，叫一碗麵，並向老闆問路。他說學校就在前面兩百公尺處。我在門口朝前方望去，中秋的夕陽早在飛機落地之前墜落海底，我看不到什麼。麵店老闆將麵端來時，我心中有種很奇怪的感覺——常常我是在這麼疲憊的時候，心裡生發出某些超乎平日所能（或，所敢）想像的事物。沒想到這次來的這麼突然而迅速。我下意識的偏過頭去看麵店老闆將麵端過來的情景（這是多麼平常的一件事，而且，每天一再的重演！）時，心中霎時興起一份很幽微的想像，像煙般，很輕的掐過。我以爲：在這人、那麵所承裝的圓碗、我手所置放的這張四方形桌子與我之間，存有某種不可言喻的關係。然而，反之，由於是如此的疲憊與匆促，使我無法再去細想個中之一二。還是要繼續趕路的。出麵店門口時，覺得自己現在是那麼確實的「流星趕月」，而心中一時之間有種美麗的感覺。

我在校門口碰見一個蹦蹦跳跳的男學生，我問他值勤室的方向後，三度背上我的背包，低首前進。值勤室的窗口與門口擠滿了學生，我幾度聲張之後，門口的學生才讓出路來。室內坐著一男一女，兩人皆把上半身前傾向電視的方向，以致有一條腿是曲向後方虛點著地，另一條腿則向前伸展出去，像極模特兒的坐姿，煞是好看。我向那男老師說我是來作調查的，我曾先跟校長聯絡過，校長的宿舍不知怎麼走法？那男老師並不看我，眼睛依然盯住電視。我不免朝電視望去，電視裡有一個人正從萬里長城的右端穿入，由左端出來。女老師忽然間說起話來，由於我一直認爲那男老師該當回我話，以致我嚇了一跳。她說校長已回本島辦事，校長交代說他的宿舍已無空床，不過他安排你住到校門口旁的一戶人家，我找學生帶你去。我看不清那女老師的臉是否面向我，因爲她的頭髮靠我的一邊垂直下來，將她半個臉都遮住。一隻小黃狗，看來正當發春的年紀，將兩條前腿搭在那女老師的左小腿上，屁股不斷的扭動。不只那女老師不以爲意，房間裡裡外外的人的魂魄就像是給電視奪去一般。我看這情勢一下很難有何改觀，便打定主意自己去找那住的地方。

我依稀記得方才進校門時，就在校門口的右手邊約莫五十公尺處有一房子，或許就是那裡。我走到校門口再度碰到剛才在這那蹦蹦跳跳的男學生，我問他離校門口最近的人家是否就是左手邊的那座屋子。那男學生卻說，你是來作調查的先生吧？我很覺驚訝。他說全校的人都知道有位先生這幾天將從本島過來，要對全島的學校展開調查。我奇怪消息是怎麼傳開的。他帶著我往那房子走去的路上，我忽然想起剛才他在門口碰到我的時候，爲什麼不就帶我去，他說剛才他並不在校門口，我碰到的那一定是他哥哥，他有一個雙胞胎的哥哥跟他長的一模一樣，島上的人都很難分清他們誰是兄誰是弟。他這麼說著，我才漸漸對一些事情開始發生疑問。他們兄弟的蹦蹦跳跳似乎並不像是一般孩童的跳動，而較近似乩童的那種抖動；汗水是那麼的濕透他的脖子與頭髮，幾乎是剛從水裡給撈起來的模樣。值勤室的天花板挑得很高，現在我記起剛才在那裡時，我的眼睛的餘光似乎看見有人倒掛在樑上，像蝙蝠一樣。

2.

我敲著門，沒人應聲，但燈是亮著的。小男孩說，進去吧！似乎這就得到屋內人的允許似的，我推開門進去。這是一座水泥房子，只門是木頭作的。我將門帶上時，小男孩早無蹤影。一進門是個很大的客廳，看來至少有十五坪大，除了右角落裡一個站立的長方形木箱子，客廳空無一物。但，牆上畫有東西。我知道這島上的土著他們神話中的祖先是一隻鳥，一種像鴞類的鳥，一種夜間活動的鳥，這牆上就畫著這樣的鳥。然而，牆上夜鴞並不單獨存在。或者說，更多的是各式各樣的植物，在漆黑之中的植物；也許所描繪的時間是在深夜，沒有月亮的夜。然而，夜鴞也是上以黑色的，因此唯一能辨識牠們於那個樹叢中的辦法，只有去尋找牠們的眼睛。或者說應當說是瞳孔。這樣說還不是很正確，應當說是瞳孔與眼眶之間那道白色的光環，這才是辨識牠們的唯一辦法。我感到這才是這些牆上唯一的光源，失去這小小的圓環，一切將無從認識。

現在，我確定自己已然恢復平日思考的能力與精力。這確實出乎我意料之外，原本我以爲自己將一頭倒在床上，但還沒看到床，我的眼睛卻發起光來。客廳中只有一盞小燈泡從左角落的天花板垂吊下來。客廳進去，一條小走道分出兩邊的房間。我站在走道上，數有三個房間的同時，也在猜想我的房間會是那個。我這時忽然聞到一股像是中藥草的味道，我吃了一驚，難道這屋子竟然有人在，爲什麼方才無人應門？味道似乎是來自左邊兩房間中較靠後方的一間。我再往裡面走去，皎潔的月光從屋子後邊的窗口穿進來，一切清晰得像水中的倒影，不禁使人精神爲之一震。右邊窗下一張小書桌上置放著一個小瓦斯爐，旁邊站立著一個瓦斯筒，不知怎麼我竟然聯想起客廳中那個也是站立起來的長方形木箱子，覺得那似乎是個有生命的東西，它具有某種力量。此外便空無一物。月光盡頭又是一個房間，看來是間浴室。這時有極細微的煙穿過月光透射進來的路徑。煙如絲綢般在光中搖曳，我感到一種召喚氣息。便不再細想什麼，上前去敲那房間的門。

3.

我想或是受到這種月光的鼓舞，以致我竟然有種理直氣壯的感覺。然而，當我將伸出的手在門上敲擊時，我的手陷進門裡。也許是用力得過度了，我的上半身一下子失去平衡，整個人摔跌進去。我坐在地上，眼前是一個小火爐，爐上一個小藥壺冒出細細的煙。爐子的正前方站著一個人，應當說是半蹲著，他幾乎將整個窗口擋住，月光在他身體的輪廓上也冒著煙。他的左右兩手似泰國舞般的伸出，我隱隱想到什麼，但一下子又想不起究竟是什麼。他將我拉起，月光浮在他的臉上，我認出他不只是小吃店的老闆。像抓住什麼秘密，而這秘密是曾在我心中朦朧興起過，因此心裡這時有種搖鈴般的波動感，一波接一波的響著，我以爲這其中必然蘊藏著一連串的秘密。我先是問他怎麼來到這個偏遠的小島？他似乎很高興再看到我，或者說他早料到會再看到我，我們坐在床邊，床貼著牆，月光貼著牆斜斜的穿進來。

他說，這原本是一座教堂，天主教的教堂，是我十多年前來這島上的第一個落腳處。我在這裡找到第一個工作。那時候，島的土著對教會發的麵粉絲毫不感興趣。每次作禮拜時，教堂比平日更爲空蕩。神父告訴我，這時在臺下聽道的正是那一袋袋的白麵粉。有一天，神父一人在廚房吃早餐的時候——那時候，教堂的前門是現在的後門，而現在的後門是以前的廚房通往外面之門。一個小女孩從窗口經過，看著神父的餐盤而趴在窗口不再起來。神父將小女孩叫進來，問她肚子可餓了，想吃什麼。小女孩將盤中的荷包蛋一口吃掉，神父看她吃得愉快，於是再煎兩個。但她這回竟然兩個都不吃。神父看著麵包有點發愁，現在他竟然連一個小女孩想吃什麼都難以明曉。他用手撕著麵包一塊塊的吃，小女孩也用手將蛋的邊緣一小塊一小塊撕去。怪的是，撕下來的小塊荷包蛋小女孩並不吃。神父覺得奇怪，於是再煎兩個荷包蛋，小女孩一樣撕去邊邊的蛋不吃。神父摸摸自己的麵包，想著那給撕去的荷包蛋，他想難道眞的是這樣的嗎？他要小女孩再去找兩個小孩來，神父一口氣煎了五個荷包蛋，來的兩個小孩各吃兩個，神父大笑著吃掉他今天早餐的第一個荷包蛋。在神父大笑的時候，我正在靠近學校旁邊的海邊打水漂。神父經過我身邊時看我打水漂許久，問我可有工作，可想找一份工作。

剛開始我是在每個禮拜三、六、日煎三十個荷包蛋給教友，沒多久，三十成了三百。教堂必須搬遷，但我向神父說我不能再作這工作了。神父問我爲什麼。我說圓形的荷包蛋刺痛著我——你知道嗎，原來島人喜歡的竟是一個個圓圓荷包蛋，而且，煎時蛋黃不可流入到蛋白中，這是這個島上的人與天主接近的第一個秘密。然而，這個秘密不幸的刺傷了我的秘密。剛開始我確實是很喜悅地煎煮著這樣的蛋形，可是不用多久卻成它們煎煮我的記憶。當一個個的蛋從立體的圓形狀物，壓扁成鍋中的平面蛋形，我想起人們是如何將我所投出的球，一個個擊扁出場外。是的，我是來這養傷的，不只是由於我在小時候過早練投變化球，以致將手弄壞；醫生告訴我不可能再投球了，我將自己流放到這裡。我以爲一切都將遠去，沒想到天主對我的眷顧反而竟成一種諷刺。是的，我原來是個棒球投手。

神父希望我能繼續幫他照顧這房子，於是我在這裡住下來。你剛才所看到的長方形木箱便是以前的講桌，至於那個小燈泡你一定想像不到，那是我當天主的厨子時用來給剛出生的小雞溫暖用的。在那麼多顆蛋中，總有幾顆是有生命的。我的房間並不需要木頭門，那種敲門聲對我來說是刺耳的，像擊球的聲音。我抱歉我的布門使你摔著。

說來也巧，現在我仍然是個厨子。我受僱於那小吃店。我下麵；月轉星移，幾年過去，有一天我忽然了悟自己竟然可以在這工作中內心充滿如此的喜悅的。我竟然覺得下鍋鬆散開來的麵條給予我無限解放的感受。我想起我們小時候初打棒球時，棒球就是一條條的細麻繩，一條條纏繞起來的；也許下麵使我回復到童年時那種還沒有任何名利之欲的打球心境吧。——

後來校方得知我曾是個棒球國手後，他們運用各種壓力要我幫學校組織一支球隊，到本島去爲校爭光。我很爲難；我很難過的作起這樣的事。然而，奇怪的事發生了，每次球隊練球幾乎都有一隻鴞喪生在飛擊出去的球。沒有人明白這是什麼原因，球隊也就在這種令人不安的現象中解散。

4.

但是學校並沒有死心，組不成球隊，於是想出啦啦隊的名堂……。

一個女人的聲音突然從對面的房間傳出，委實令我嚇了一跳！投手好像早已知道她會在什麼時候出聲，他臉上這時顯得有點疲累，他向我揮揮手，便兀自躺下床。我從布門出來，對房的門不知什麼時候早已打開。我看見一個女人倒掛在一根竹竿上，竹竿就架在牆頂上。奇怪的是，她的房間在我走進來後，竟變得明亮起來。也許由於她全身穿著水藍色的運動衫的緣故，因此房間裡的氣氛更顯現出一種水波盪漾之感。事實上，她並非是不動的，而作著一種似微風吹打在樹葉上的搖曳之姿，那麼輕柔，竟然使我覺得這樣的倒掛是很愉悅的。她的身高可比得上一根竹竿長了，想來有一百八十公分。但太高了，以致她垂掛下來時，頭都快接近地面，我如此俯視她，像在與地面上的生物講話，但有時竟覺得自已那彎曲下來的脖子、低垂落的眼皮，給我一種懺悔的感覺。我告訴她我似乎在那裡看見過她。她眨眨眼，似乎在想什麼，我感覺地上像裂開一條縫一般。她問我是否剛才在值勤室遇見過一個頭髮燙分落兩半的女老師，那是她的姐姐。她們之間長得並不相像（況且我並沒看見那女老師的臉孔），但聲音十分相似。我不知剛才爲什麼說我「看見過」她。她說，那大概是她姐姐的聲音，再加上我在值勤室看到有人倒掛在樑上的緣故；那些人就是我們的啦啦隊員。她接著說，我就是啦啦隊的訓練者與設計者。我這麼說你一定以爲我是帶著隊伍去本島爭名奪利，我無法阻止你這麼以爲，你那微微噘起的嘴角應當留著給校方的，因爲那確是他們的意圖。然而，這樣的動機就毀壞這個活動一切可能潛存的美意？這中間還有一條縫，也許我們族人將在這名利之間的險縫中存活下來。是啊！你當然好奇我的想法是從那裡來的，而我可以告訴你就是來自我們豐年祭時的盪鞦韆，那樣高掛垂落下來的擺盪，有點像蜘蛛在拉絲時的模樣。誰又知曉，人類當初發明盪鞦韆的人是不是也來自同樣的靈感。我們這樣倒掛著，也許才讓我們回復到人類遠古時那樣靈妙的心靈狀態，這狀態使我們將事物顚來倒去翻轉，翻轉出新一代的活力與勇氣來。當然話說回來，這麼作，改造傳統無法擺脫爭名奪利的陰影。然而，反之是亦然的，爭名奪利之中未始就沒有改造傳統的新動力。如果，我們可以在這兩者之間維持某種適度的平衡，那我們自然獲得重生，否則我們就是失去平衡的表演者，在地上摔得粉身碎骨。

無論是本島上的啦啦隊，或者是西方式的，基本上都是屬於一種疊羅漢的方式。疊羅漢是一個個踩踏上去成金字塔狀的隊形。這樣的隊形所表現出來的是人與人之間相互踐踏的劣根性，也是人類因恐懼相擠在一起的潛意識反應。我們像蝙蝠一樣的倒掛下來，我們的人一個個順著重力的方向伸展開來。像是垂危般的攀援，每個人內在的勇氣、助人與自信心，經由這樣的訓練隊形而激發開來。是的，我們所練的是「心」——人心！疊羅漢最重要的關鍵是在下面的人所建立起來的「基礎」的穩定度，爲著這樣穩固的基礎，下面的人一個個又重回人類還未進化成直立的爬行狀態，手又走回到腳的功能。這表面看來是同心協力的活動，事實上卻是一種壓榨式制度的象徵。我自不能讓我的族人走上這條路。手，必須是用來互助以建立起我們的社會的。

5.

這時似乎是來自浴室的方向傳來一陣鼓掌的聲音，聽來似乎不只一人的樣子。我將頭略轉向浴室的方向去傾聽，再轉回來看女老師時，她早已將眼睛閉上。大概是月亮移動的關係吧，房間地上的月光已然暗了許多。我覺得地上那條縫似乎也跟著合了起來。我走出房門來到浴室，浴室門前有一男子正拿著三張幻燈片就著月光，我無法看清他的臉。他顯得很專注的樣子。我的來到並沒中斷他的工作。我從幻燈片的另一邊看過去，幻燈片裏所拍的似乎分別是：尚半埋於土中人類的半個頭蓋骨、林投樹，以及蝴蝶。過了一會兒，他終將幻燈片拿了下來，那是一張充滿稚氣的臉孔，大大的眼睛使他看來更像個孩子。他很直接的問我，你也是來作研究的吧，什麼學科的？我回答，人類學。他的眼睛突然之間發著光，像詩人抓到了寫詩的靈感，抓住我的手問我，你認爲人是動物還是植物？我忽然想起我剛進投手房間時的那種感覺，我突然間沒有辦法開口；他在我身邊四週不停的遊走，我像是一棵被他所圍繞的樹，我覺得動彈不得。他說，動物無論走動到任何一個地方，仍是那個模樣。豹子仍以其斑點證明自己的存在不受空間變動的影響；長頸鹿走到河邊飲水，叉得開開的雙腿更加顯示牠長長的脖子依然是最迷人的動物奇觀。

然而，然而如果你將一株菊花偏移到另一塊土上——卽使這土離原來的地方只有一公尺遠，但只要一公尺就夠了，它就完全走樣了。隔一天，我們還認得它那是因爲它還帶有我們的「腳印」，但它的上身已開始變了。或者它會先掉一片葉子，就像動物走動會掉幾根毛髮一樣，但這對動物並沒太大的影響，然而一片葉子——只要一片葉子，植物原有的對稱外觀就出現殘缺。第二天，或者它就逐漸變換樹幹的屈度，屈向這時陽光照射的方向。第三天，除非你是個要觀察這種變遷的植物學家——而我正是個植物學家，否則一般人便已疏忽它的存在了，就像我們天天疏忽與自己住一起的父母、妻子或室友一樣。若果第七天，你突然想到它，這時它已然不是一棵你當初所認識的菊花的模樣。你並沒有絲毫把握這是不是你的菊花，你能確認的是在它周圍你所熟識的環境，它是這樣被你認識的。你們人類學不也這樣以爲嗎？如果你不將東方人與西方人互動一下，你所認識的人類，不過是殘缺不全的。其他動物有此自覺嗎？但是，每一棵植物確實都是如此的。

他話剛說完，我百思不解他什麼時候進入浴室，直到這時才走出來。浴室的門就在我的正前方，我始終站著像一棵植物，一動也沒動的。然而，浴室這時竟又走出另一個一模一樣的人，身後有人拍拍我的肩膀。我轉過身去，我確實是給三個長得完全一樣的人給團團圍住。他們不只臉孔相同，身高相同，體重也相同；一樣的矮胖與一張小孩般的臉孔。現在站我面前的人（我已然分不清誰是誰了！）告訴我身後兩人分別是考古學家與昆蟲學家，他們之間是同事。我已然給完全迷惑了，我不知說什麼才是我心中所想的事，我不知不覺竟伸出手去摸眼前那人的臉，他們三人的大笑聲才將我喚醒——即使是笑聲也是那麼相似與一致！身後傳來一道聲音說，我們會讓你清醒過來的。接著，我就聽到有人以一種極其單純的音調輕吟起來，一種使人回到童年時那樣純淨心情的述說：

「他走過一個地方又一個地方，人們問他要去那裏？他說他要去拜師求藝。人們笑曰以前的人是上山拜師求藝，現在的人卻飄洋過海，然而作的不過是同一件事！他問人們爲什麼現代的人還跟以前的人作同一件事？人們說因爲從未有人能脫離作爲一個人的形骸，只要人類還是以人的形貌自居，人類永遠只是宇宙的小孩——壞小孩！於是，他決定要將人類的形骸變轉過來，然而，問題是誰能教他這魔法？古往今來，所有傳人技藝的「人」，所教的不都是一樣嗎？」

另一個人接著又說：

「他走過一個地方又一個地方，人們問他要去那裏？他將嘴巴縫上不再與人談話，他倒在樹下而眠，樹問他爲何不再與人說話？他說人類中沒有我的師傅，因此，我不跟他們交談，只要我一與他們交談我就仍然是以人的形貌自居，只要我以人的形貌自居，我就無法成爲一個魔術師。大樹大笑！他問大樹爲何對他大笑？大樹說那你現在是用什麼在跟我說話？你的嘴巴不是已經縫上了嗎？」

很流暢的，又有一個人接下去說：

「他走過一個地方又一個地方，他問自己是用什麼與大樹交談的？他很渴，於是趴在小溪邊飲水，同時他看見一隻青蛙在陸地上、水底中進出自如。他問青蛙知不知道他是用什麼與大樹交談的？青蛙說牠雖然不太清楚，不過牠卻知道他現在是用另一張嘴巴跟牠說話的。他問青蛙他的另一張嘴巴在那裏？青蛙說在他十歲的時候。他說不懂。青蛙說像我們小的時候是用鰓呼吸的，長大之後則變成用肺呼吸，以前我們能看見冬天的雪，現在卻再也看不見，然而，我們卻還有一個機會能看到雪的樣子。他驚奇的問是什麼樣的機會？青蛙說那就是當我們潛入水中的時候；其實我們潛進水底並非如你們人類所認爲的去覓食，當我們在水底的時候就不能再用肺呼吸，然而就在我們覺得快要憋不過氣來的時候，我們卻看見童年時的情景。他大叫說這時就可以看見雪了？青蛙說那不一定，不過聽說每一百萬次就有一次看見雪的機會。他遲疑了一下才問青蛙說你看見過嗎？牠說還沒有。他想了一下，又問那你認識的人當中可有誰在水中看見過雪的？青蛙說還沒有，不過那是我們唯一的希望，不是嗎？說著青蛙便又潛入水中去了。」

6.

他走過一個地方又一個地方，他問自己爲什麼人不能像青蛙一樣從蝌蚪變成青蛙，而是一生下來就只是個人的樣子？他很餓，但是看見一棵十幾層樓高的樹上的果子卻摘不到，這時猴子從樹上下來，將摘到的果子分給他一半。他問猴子你是我們人類的祖先嗎？猴子不慌不忙的將自己手上的果子吃完，拍拍手扭頭便想走的時候，他趕忙抓住猴子的手，問牠爲何不回答他的問題就要離去。猴子轉過身來向他撒了一泡尿，同時並回答他說你忘了你最初的問題了嗎？話才說完，猴子便已跳回樹上。——事實上，我並無法明白我所說的是什麼（這段是我說的）。但是，就在他們三人述說的時候，我發覺自己的神經似乎呈顯出前所未有的震動方式。當他們其中一人在述說之時，一種很奇妙的感覺逐漸在我心中發散開來。情形「似乎」(由於很難加以明說。但，我懷疑，如果，他們的言說是像科學論述那般的明確，我很可能無從有此微妙的感覺)是這樣的：當一個人在說時，我很容易的察覺到，其他兩人與他之間在神情上的差異背後所隱含的心思。換句話說，是剛才那樣的述說方式，讓我察覺到他們三人之間本身所具有的特質，在那時候，我很輕易就可以分辨出誰是誰(第一個述說的人是昆蟲學家，第二個是植物學家，第三個是考古學家)。但是，我卻又覺得正是在這樣的辨識過程中，有股幽微的力量，以某種節奏將他們三人關連在一起，像波浪般的傳送與震動。我不由自主的受到那股波動的吸引，以及推動。我的述說是他們的餘波蕩漾。他們三人聽我說完一直拍手叫好，我想起他們方才亦是如此對女教師鼓掌的。我心中有種溫暖的感覺，人們對他們必然充滿各種疑惑，然而，這似乎並未減少他們對美好事物的讚賞，那種由衷的信任感如此自然的流露，一如今夜我所感受到的月光。

我們四人這時魚貫走出屋外。我可以不必問自己這是爲著什麼理由了：這不是我跟隨著他們的緣故，也不是他們要帶領我去那裏的問題。似乎像是水要從這屋子滿出去的樣子，就是那麼自然而無礙的了。我們一個跟著一個出去，只有一個理由是可以理解的：這樣我們才不致擁擠在門口，以致沒有一個人出得去。我不太記得自己是第幾個出門的，但我確定自己不是第一個也不是最後一個出門的。我出門的時候，屋外雖然樹木叢生，但已有三個人已在樹林之前奔跑——我這時方想起，我們剛才出門的時候，月光也逐漸從窗口消逝，或，退走。我站穩下來時，我看著方才在校門的兩個雙胞胎，一人拉著投手往屋外跑，一人端著投手那藥罐跑出來。三個科學家忙著將屋子旁邊的樹一一推開，推開的樹不斷有女學生掉落下地。樹逐漸移走之時，我發覺那三個科學家的身高亦隨之發生變化，三人個個不同。在他們扶起落地的女學生的同時，月光映照在他們臉上，三人的臉孔亦不再相似。女學生手拉著手，十人成一排，成半蹲之姿，眼睛一直注視著給科學家們所逐漸清理開來的場地。這期間，女老師也從屋子走了出來。活動似乎就要展開了。

女老師走到站在場中央的投手前，交給他一袋球。投手一直用雙手撫摸著球許久，大家皆靜默看著場子中央的人。女老師擡頭看看山頂上的月亮，揮手將女學生招過來。拿藥壺的雙胞胎之一，將藥壺裏的藥草通通倒出來。一片片的，一條條的，一葉葉的，全部一清二楚的攤開在地上。科學家們將藥草、泥土、小蟲與人的唾液均勻混合一起，並指導女學生將這些東西組織成兩條大繩索。雙胞胎兄弟分別接過繩索的一頭後，立即朝海邊奔馳過去。毫不猶豫的跳進海水中，好像這是件天經地義的事。兩人潛入水後便不知游向何處。繩索逐漸沒入海水中，終於消逝不見。大地一下子靜默得出奇，海浪的聲音逐漸減小，許多人搓著自己的雙手，地上開始冒出煙來。過了許久，像魚跳出水面的聲音響起之時，雙胞胎兄弟又在岸邊出現。手仍然拉住長長的繩索，繩索拖在他們身後，好像他們長著的兩條尾巴。一邊走，一邊氣大口大口的喘著，我心中感到無限的歉然。投手開始揉起手來。科學家們開始指揮場中所有的人，分成兩組，朝他們所指的方向，將繩索拉開。這時我看不清參與拉繩的有多少人，因爲似乎又陸續有男學生，當地的土著，一一加入拉繩的活動。人羣隨繩索如長城般的蜿蜒伸展開來，不知其窮盡處。月色似乎更加明亮起來。大地一直在冒著煙。

我跑過去其中的一支隊伍，想要加入行中。身旁的男子卻將我推開出去，並說，你是另有任務的。我看清楚他，原來是值勤室的男老師。兩支隊伍現在已然看不到盡頭了，我突然想起一事：我但只顧著看這兩支隊伍，然而究竟大家所拉扯的是什麼呢？我回轉頭去繩索的那一邊，繩子依然沉入水底。我朝大海的方向看去，方才在山頂的月亮現在已然站立於海面上。兩根繩索分別穿進大圓盤狀的月亮的左右下方，形成兩個黑點，像極人倒立過來時的兩顆眼睛的模樣。我忍不住看一下女老師，她一直不斷在調整兩支隊伍運動的節奏。月亮以一定的韻律緩緩前進，兩側的海水向外逐次排開。魚羣在月亮四周，如噴泉般的躍出水面，又似雨點般的落下海面。衆人吆喝之聲如雷般的擊響黑夜。月亮越來越靠近海邊，場地漸漸如夜間球場般的明亮起來。女老師拿給我一隻球棒，我漸漸明曉這是怎麼回事了。我站在投手的前方十公尺處，等待投過來的球。投手將手舉起，將腳擡起，將球一一投出，我看得一清二楚，每個球在我面前化成一隻隻的蝴蝶，變幻莫測的飛舞著。這，才是眞正的蝴蝶球(knuckle ball)啊！我看著手上的球棒變成一棵小樹，我突然心領神會過來。我走到投手的前面，將樹植入土中。樹迅速成長，並開出美麗的花朵，原來是這島上已然絕跡十幾年的蝴蝶蘭。樹林這時傳來一聲聲夜鴞鼓翅的聲音，如海浪陣陣拍擊礁石之聲。

〈月夜〉寫作札記

（*〈蝴蝶球傳奇〉，最初取名為〈月夜〉）

一九九二年七月十七日—七月二十六日

七月十七日（星期五）

1.計畫安神丸——數字的心靈神秘能量：每日一千字，其餘時間用來構思、Pause 適可而止的寫作方式——鬆手後的靈思妙意。

2.環島公路的 symbol 或為全文之結構式：繞了一條較遠的路，但……

3. 背向式宇宙心靈——環島公路另一 symbol——不明確的明確：TUL. 說「射飛鏢，並非死盯準目標來射，而是『意到勁到』！」

4. 她說「我最感奇怪的一件事是爲什麼人生下來是一個一個分開來的？」我說「難道人不應該以『一個』作爲單位？」她斜瞄我一眼，說我並不知道她在說什麼。

5. 或者：小說正是要在人心深處那幽微、刹那間的閃光之中前進　憑我們的意識是無法立卽瞭解它們的　跟著它們自然而無智地走去　像流星一般的迅速與流暢　或許這便是 TUL. 所謂的活力太極拳　是否如此之後人才能具有信心與精神　反而這在看似謹愼與精密的理性中不可得／或者意識強行進入的結果則一切深渺之境將化爲烏有

▲夜思以前感冒皆無現在這種憂慮之情∴成人後之不敢捉青蛙——成人的意識／理性的脆弱↑——如是的小說寫作「心」態莫非為「兒童心靈考古學」，意識加

入愈多愈是無以致小說之神妙?!〈cf.17.〉

6. 覺得自己必須常常在室內（如果不外出的話）行走（赤足尤佳），或者，在庭院遊走，否則便覺得身體內在的氣快停滯下來。如能再加上「試圖用背部來感受思考現象」，那就更迷人了。（想起海明威是站著寫稿／打字的）

7. 「我」主要是從自己的札記中來取材、取靈感，不先從這，則捨本逐末。

8. 三個鳥類學家長得一模一樣——The Castle 兩助手——雙胞胎男孩，這島上的傳統厭惡相同的東西，男孩並沒騙我……

9. 再讀m18.〈小說的最高精神：忘掉招式〉中談：變化原物的形式（形貌）≒青蛙的外在形貌之蛻變。

→第一段中背與變成青蛙的感覺

——原來是「像青蛙般的蛻變」(magic)

§m18：電腦檔案代號

10.肚子痛的再度準確地於小說寫作時發生，是否這意謂著我仍犯著「激昂慷慨」的毛病——因此，我當力行「適可而止」的寫作方式〈cf.1.〉，如此才能具有穩（定）健（康）的寫作韌性與水準！

▲▲那太缺乏寫作之外的體力勞動！

七月十八日（星期六）

11.所構思的模糊東西與寫出來的東西之間的差別，像是前者等待後者進入洞中加以一一觸摸、確認的感覺。

12.三個房間呈L型，我的房間正好在拐彎的地方。莫非這早已安排好？這又意謂著什麼？

13. 在第二段中，對這屋子展開細細的 sketch ，而發覺這予自己一份心靜氣閒之感。是可以這麼以爲：如果sketch愈是細膩而不俗，我的精神也將隨之提昇。這是我以前一直無法瞭解爲什麼卡夫卡如此著迷於 sketch 之謎？我以前 reading 的錯誤在於，我總希望這些一連串的描述是要通向一個變化的結果（目的地），否則便抹滅它們的價值。然而，sketch的迷人或就在於它本身，那像是一種創造天地的感覺。

我們將其他不適於在此小說中出現的東西排除掉，而建立起一個個的存在體。至於它將通往何處，那當是「（天地完成）後來的事情」。

14. 也許眞是要具持如07/03, 07/04時寫〈散步〉，那種非常鬆、清的心靈狀態，無所擔負著什麼，是一種由內而外，再由外而內，不斷循環的吐納與氣韻流轉。那小說反而才能容納進心領神會的妙意。

15. 「以退爲進」，世人皆以「勇氣」來形容之，也許這反而使人與之更遠。眞正能獲取其個中心法的，是在進與退「這時」顚倒過來的意圖之間，尋得一種近似輕煙般的心靈狀態。如此才能將一切僵硬的、懸念的解放開來，而人心方能接近於太虛般的平靜、輕淡狀態。而後，宇宙便「自然地」向我述說它的秘密。

——晨，放下寫作，觀 *Temptation In the Village*，有感。

16. 近午，去 C.C. 診所，汗依然如雨下，想起這幾日之思：吾之汗水易於急流，或不只在於生理結構上的問題，先天的急躁心理結構也扮演一個很重要的角色。在路上走著（「散步」！），我想起寫作。寫作之於我，或當在於修行。如是，春天之寫，或當顯溫暖的生意；

夏天之寫，或當消酷暑之躁氣；

多天之寫，或當呈熱血沸騰之韻。

今早的定此文題爲〈月夜〉，個中的想法就在於人在月換地移之後的靈氣盡失。此爲'88年中秋節去蘭嶼，見那直挺在我面前的大月亮，如是幽幽神秘之思之所致。文中或不出現此象，而將其於心中的感應化而爲全文，或較近於其精神。

這令人想起日本的俳句詩，其寫秋，而通篇文中不可見秋一字出現的妙意。

17. 吃午飯的時候，在電視機前(這不是我所以爲不屑之物嗎——就「解釋與分析」的立場而言），忽然想起（這麼的心領神會，這在分析的狀態中絕無法致此）近午之時讀 *Temptation In the Village* 中 strange 那幾行，而有末段的靈感。忽然想到一個人的本性問題，難道我的特質就在於「心領神會地轉化」（心領神會才能使我的眼神放光、眼波流轉！），而不是那種「有跡可尋式的解釋」。這是我以前曾懷疑過，但卻不敢面對的。如此，綜合、轉化與創作方爲內在世界打通任督二脈之經絡！這才是解放自己之道？

當然，於此時代，分析不可或缺，也需以之爲輔，只別忘了自己之專長爲何。誤入以分析爲主的路上，以爲有跡可尋將建立吾人之自信心與精神，然事實卻不然。〈cf.5.〉

▲我是如此的「會通」於卡夫卡，而不是如他人之「瞭解」卡夫卡。

解釋與分析的讀法只會將我的精神弄得更僵硬與疲憊（善拳者與善泳者，當游後而精神愈旺）。

——卡夫卡一讀再讀的秘密：神韻的轉化想像之氣的流轉。

★★★ writing——更不是在道那種可以理解、有跡可尋的經驗。

18. 想起前日S.告我老饕煮麵那種專注、輕柔、心意綿綿之狀。……文中的煮麵老者？夜，見老饕擦桌子之狀，才明白眞正的藝術是必須在低賤的工作中亦能如是心平氣靜的處之。

→我的 reading, writing 的低賤的處理工作時之心境（搬書，整理書，擦書，曬書，資料歸檔與分類，整理報章雜誌，……）

19. 午後之雨，使我想起前日午後下雨時，水中的魚很興奮地爭游出水面。

20. 想著5./17.，想著這幾年的多話，似乎是違背自己內在世界的運轉軌道。想起卡夫卡在衆人之前的沉默，想起我以前之在衆人前的沉默。是現代社會的顯學：分析與解釋的思考方式的層層包圍與攻擊，使我偏離自己的軌道。過去的沉默更多的是一種「突穿出現實社會經驗的想像經驗」，現在我可以用筆來親手觸摸這個世界的質感。

21. 如果在初稿構思之期，極盡考慮各段落之間的關連，那我也許就這樣失去各段落自身的「神秘且獨立的生命氣韻」。再者，或許就是這樣一種過度憂慮之情，才造成我精神上的耗損與不安、急於結束。

七月十九日（星期日）

22. 很穩的人（L.S.：市場裏那七、八歲的小女孩）——那看似無情或無動於衷的面部表情

↓一篇小說的容貌——小說寫作的心境（我的腹痛反應的正是我的內在心境的病弱）：心如止水

23. Five Lectures on Chinese Poetry p.28:… not mean to tell a story

but to create a mood.

——或者這就是小說最迷人的地方，它並不在造就出一個可以理解的新的經驗，而是憑著一股細細長長的X氣韻，引領人一種開天闢地的新鮮的生命感動（很可能所用的都是既有的「舊材料」），一種可以使人不斷生存下去的意念。

↓【想像經驗札記】的建立

▲正是這樣的意韻使人在小說寫作之「中」，為一股不斷探索的生意所鼓舞，一種近似於「新（再）生」的感覺！

24. 午後，於庭院剪報中，想一切事物之消滅其（新）生意，竟在我們與之相持太近（居家的問題）。「以退爲進」或者隱秘著那種人與山水之間相遙望的神秘之情。

Pause 的神秘力量當在於此，而不只是欣賞人生、享受人生而已。

25.夜睡不著，翻著 *Letters To Felice* 尋找卡夫卡對 The Judgement 之那句話。再次讀著"..., for I could not have spent the time with greater pleasure (in writing),..."時，心中仍感動不已。我精神上的緊張與僵硬，所缺乏的或如今夜上山觀TUL.新佈置家那份溫暖的情調（繩懸小盆栽，繡球花，自釘大木桌，燈籠，甕），以及卡夫卡如是般在文字中悠遊、散步的「佈置心境」。一切我是太過用意識來進行一場對眞理的攻城之戰。

或者，潛意識所包含者，最重要的是在情感的神秘成分？這些情感密碼在悠悠長長的生命（寫作）韌性中亦占一席之地，而不只是我前所以爲的那樣而已。

▲夜裏讀著卡夫卡的書信，心中漸漸生發出某些片斷的故事，以及心中一股氣流逐漸在造成。我只要抓住那樣的氣韻，或者讀書信反而能使我更自然地由內心深處中緩緩的述說靈魂的故事。而並不一定要讀小說才能寫小說——這才是顯現轉化的功力之高低之處。

然而，或許這正是上帝對人類一種諷刺的方式：當我們力圖從「非小說」的文體閱讀中（例如卡夫卡的日記或書信），尋找小說寫作的氣韻與靈感，當我們愈是用力在二者間尋找 poetic thinking（我的詩意寫作方式所沒意識到的東西正在於此），我們愈不能從中轉化出來。因爲，這時正是這樣的用力使我們的氣韻僵硬而受阻了！——原來我們所謂的靈感與玄思妙想竟是在這種若即若離的狀態中「微」妙的顯現（'91/11/08 下筆不可止之狀正是如此?!）。是這樣，才能鬆開出靈思的？

▲靈感與柔軟的心靈愈是在「無從估計」（讀了一小時 *Temptation in the Village*，就要……。讀了一頁的 *Letters to Felice*，就要……）的心境中幽幽然從路中冒出芽來。卡夫卡之幾乎不記其文學淵源的道理或在於此：因那是無從由記錄中再次「實驗」出來的，一切就在一剎那間那麼心領神會的湧現出來。（讀 *Letters To Felice*, p.29 第二段的一二行從 laugh 而 loving→吾文第四段「由為爭名利而翻轉為，更新我們盪鞦韆的傳統：蜘蛛式啦啦隊」的靈感湧現！）

▲07/20出門吃中飯，過後巷，豔陽白熱，一小女孩著洋裝，風鼓裙搖曳，我手上拿著 *Letters To Felice*，心有莫名的渺思。我想起去年某日早晨行過此巷而有「果樹巷」之靈感，但後繼無力。我想解釋者似乎就是個權力抓握者，他愈解釋、分析，事物的精神與氣韻離他愈遠；他愈力圖抓握什麼，那亦將愈敬而遠之。鬆開來的詩意轉化（創作）才能真正使人「先丟棄自己而後才能獲得自己」。

——正是如此的「無跡可定尋的方式」符合著我內心那股隱隱的，（看似慵懶的）不是那麼繁複累人的寫作方式（想起太極拳與豆腐、不用死硬之力！）的潛意識。

▲於是我亦能在這一次的泡茶中（沒有一次是相同的）（或其他日常生活之事……）品出這與現在所寫之文之間的「靈思妙意」！

26.觀「熱血高手（Above the Law）」中凌厲的空手道劈掌，想起前日「新七海遊俠」中那女子的合氣道。

27.這眞是出乎意料之外的發現，然而這兩者之間卻是那麼顯而易見！夜上山觀TUL.家新佈置狀，邊看著「裸體午餐」。在邊與衆人解釋個中的 symbol「之中時」，慚愧自己缺乏卡夫卡那樣沉著的內力（*Letters to Milena*），自以爲自己是很精神的，其實卻也不過只是在外功上的，內功的功力事實上是很不堪一擊的。

——然而，這象徵著這確實眞是我內在世界經驗的途徑，而宣告著我將以小說的經驗方式來建構我的世界！

七月二十日（星期一）

28.第三段對我來說是具有劃時代意義的（尤其是從「布門」開始打開這樣的局面與氣韻！——那樣的想法正顯現個人內在氣質：一種對日常生活之不落俗套的經驗方式，是要在這樣的經驗中才發現到自己與宇宙滙通的聲音，一種全新的生命感，像初生的嬰兒↑「寫作與健康」在此！一種海闊天空的解放、舒緩之感！）。在這裏將社會與文化意義遠拋在後不顧，而憑著內心中潛藏的能動方式開創新的經驗舊事物的經驗。這或者是小說創作最澎湃的生命力之所在！

▲而我現在才明白，我的小說寫作必須從這樣的路開始：將一切的形式、結構、意義與段落的關係，拋開來。先憑著心中那股潛在的意韻來寫，理性，是後來才出場的，那個時候才是最能顯現其魅力的時候，剛開始它只是個絆脚石。事實上，我在寫理論性的文章之時，真正「神妙的關連與關鍵」亦是後來在寫作之中才出來的!!

▲然而，我必須注意的一點是，這樣的寫法或有「輕忽、浮躁」的副作用（二初入中國水墨畫之門即從「寫意」入手）。因此，功力的深厚（什麼是為個中之「基本功」？）便為克服此問題的關鍵。

29.近日思緒極亂，有時夜半失眠不知何以為是時，我懷疑自己是否會崩潰掉。昨日午後，L.S.J.來電話，談及他上班一團混亂、諸事繁多、心浮氣躁。當時，卻能很「輕快的」告訴他「不一定要一次就想解決我們所以爲的『一整套系統與觀念』」，先解決可以穩定目前之軍心的「一部分」。我想我確實是在與友人這樣的談話中獲益良多（雖然有時是兩種「看似」不相干的事情），或者是由於這樣的「拉開距離的詩意想像」〈cf. 24.〉才是我內在世界的氣韻流轉方式——小說對我重要的地方很可能也是在這裏的！（小說寫作亦是猶如於亂軍中作戰之道：事項愈多，愈要先鎖定一個必須可以「先穩定軍心的部分」）

30.爲什麼，連躺在榻榻米上也肚子痛？太急於起來？我把我的睡眠，硬硬地壓在榻榻米下，一切顯得那麼不安。

想起卡夫卡的躺在沙發上三小時。

如果卡夫卡爲著頭痛而失眠而寫作，爲什麼我因腹痛失眠，但卻不安於寫作？這之間的差異意謂著什麼？

七月二十一日（星期二）

31.我當悠悠長長的寫小說（像上上禮拜之寫散文〈散步〉那樣的心境），如此才能將個中的精神與日常生活作雙向式交流（而不是全然以寫作爲尊／是的「獨霸」），如此也才能將生活提昇起來，將內在的氣質確實的提昇起來。〈散步〉確實呈現這樣一個模範。

——對寫過的東西思之再三，改稿不當只是寫作的行爲而已，而是精神眞正再三提練的表現！——這才是顯現一個內功深淺的練習所!!我現在的腹痛或許就是意謂著：我現在是可以表現內在創造式的經驗，但我太急急於外功的催促，我是如此每日受著「內傷」！

32.早上我再度讀著 *Letters To Felice*，在輕微的感冒中，在昨夜不太好的睡眠之後，在略感孤獨的心情下，我想起昨日我幾度讀著這書的時光。現在，我似乎可以略微明瞭卡夫卡在日記中說，他讀史特林堡的書猶如躺在他的懷中的感受。卡夫卡的書信比之於他的小說與日記要給予我更深情的心靈上的安慰。現在愈來愈覺得人沒有安慰似乎就沒有生命的那種溫暖感。寫作就是我尋求安慰與溫暖感的途徑。

▲卡夫卡的書信才是真正可以拉開我緊縮與單調的神經的燈塔〈cf.29.〉。——愈是在寫作中愈是需要進行「休閒上的調節」，而不是要等到寫成之後。

▲當然，寫作要再回歸到生活的就是要使生活因進化為如此有滋有味，而不是寫作成為一種光從生活中搾取養分的活動！如此，生活才可能漸漸富含如卡夫卡書信所予我心靈上安慰與詩意想像的地方。

▲寫作沒什麼進展，生活也就沒什麼進展。

▲A.本文第6段中赤足行走的靈感，就來自於今早覺得不在屋中行走，身體與心理將脆弱的很。

B.第6段中的「太在意」正是寫我現在太急功近利之心。

33.將原來的6.改成4.，

原來的4./5.改成3.的A./B.。

34.剛開始當很鬆的來寫，最重要的抓出這篇小說的氣韻來。最後才是修辭細節上的問題……內心中經過不斷修改之後自然的外在表現方式。

七月二十二日（星期三）

35.昨夜很早就將電腦關機，覺得一天的精神僵硬，一天的寫作似乎是種強攻與機械化。告S.以前寫東西我會等看像「放眼看天下」、「六十分鐘」、夜間影集、長片。可現在不屑這些，這反而使我的精神失去靈活度？而腹痛？可見不可忽視所謂的「垃圾問題」！S.上樓去睡不久後，卽近凌晨，我搖著扇子上樓去看看她（她常這樣要求我）。初始，漫漫的閒談著，工作的薪資，同事的孩子……等等。忽然從窗口看見斜對側新建高樓頂正切著半個月亮，叫S.起來看，她看後忽然想起FM.曾告她，我命盤上的太陰星座落在事業宮上，因此，當月亮出來時我的精神會比較好（之前，我是在說黃昏時我覺得那時身子虛弱的很）。我接著說那我這次的小說題目果然取得不錯！

我們皆口渴的很。下樓喝水時，我想著月亮與我，心有所感。

36. 事實上，我並未眞正瞭解〈飛機的童年〉的寫作經驗對我眞正的意義（我想起卡夫卡也曾對Felice說他並不全然明白 The Judgement眞正的含意——而，那篇眞正像極卡夫卡口中所謂創作上的第一個「出口」）——其對我內在氣質的另一個 secret 或在：如是在夜間的失眠這麼多日（尤其是碰到自己二十多年來的「第一個小說寫作的出口」！），是由於我對夜間寫作的充滿「社會不健康的不安感」，即使在這麼關鍵性轉變的關口，我仍不敢衝破這一關許久以來心靈上的質疑。因此，雖在筆下走出去，但我的心卻反而因此受著更矛盾的痛苦——腹痛象徵著這樣的「心結」！

37. 連著這樣對月亮與〈飛〉文之間的關連性的反思，我想著白日的寫作狀態。我懷疑 b8.1「推進」到末兩段的情節，這並非我內心中的氣韻與聲音，而是社會的制度，因此這造成我今日寫作上無比僵硬的原因?!——我想起在〈散步〉寫作過程中亦曾發生如是「交代過多歷史發展經過」的問題。

§b8.1——〈月夜〉一部分草稿的電腦檔案代號。

38. 我再次拿起Calvino的《月亮的距離》來看，這樣翩翩起舞的想像力才是眞正我所日思夜夢二十多年的小說模樣！——很可能，我還要再借助於對這次〈月夜〉寫作的「敢於發自內心的大膽突破」，我才能眞正明白〈飛〉文所對我眞正的含意。

——我可以確定 Calvino 對我另一個重大的意義是：是在這種寫作精神與心境中，我才能建立起我對健康的信心與氣魄!!——那樣柔軟、大膽、充滿自在與信心的靈活的舞步！這才是能將我不敢「擅離職守的室內」解放出去的心法！

▲然而，當讀著*Letters To Felice* p.15中的 bell(1-1)/music room（倒 1-4）時，我想著它們與我的〈月夜〉之間的化學變化……那樣悠悠的想像方式，我再思〈月亮的距離〉、〈恐龍〉這兩篇文章，竟覺它們文章之間是扣得很緊

的。

▲我如果無從在寫作中持寫〈散步〉時那樣的心境，那我怎可能長長久久的寫作，又，怎可能過著滋味非常的寫作「生活」!!

39. 常常（這個頻率太高了）我心中是這麼隱隱的認爲：正是在35.這樣的日常生活中的變轉到寫作想像的過程，隱含著我小說世界的蛻變秘密

——EX：

「植物學家忽然從手中拿出一把如心臟形狀的蒲扇，他緩緩輕搖著扇柄，月亮便降落到我的窗口，不偏不倚，剛剛好，切滿我的窗口……」

40. 午後，因讀 *Letters To Felice*(cf.38.) 而改 b8.2(3) 之剛開始，我似乎有點明白：對我而言，我學不來 Kafka，也學不成 Calvino，因此也不必學，我就作我自己以爲可以傳送內在世界聲音的器樂(文章)來——用我自己的方式，或者如此，我才能眞正每回都是以〈散步〉的心境來悠悠柔柔的寫作！

★那似乎就是近於當初電影文參考書目用法，而轉化爲今的詩意想像方式。

▲那時寫〈飛機的童年〉，研究、反覆閱讀最多的仍是自己一遍又一遍不斷在進化的草稿！——就像我們看初民社會之種種是神秘的，反之，他們（只要是異文化的）亦是充滿神秘之思。我們低估自己的潛力，只因我們是那麼缺乏一份神秘的空間「給自己」！

41. 早晨、午後皆感氣虛而且內心虛弱的很，我不得不拋下小說寫作，看看電視的「邁向巴塞隆納」。看六度參賽才拿到一塊金牌的黑人選手，看兩人在三次奧運的馬拉松比賽中的較勁。吃過了百服寧的頭痛藥（或者是太陽漸漸下山了!!），精神似乎有點勁了，於是倒轉「鄰家女」（那是我昨夜一直鼓勵S.看的片子）。看不過三分鐘，精神，很明顯的恢復起來。想起我的太陰星。眞的是如此，看著片中的女子一切似乎就這麼改觀過來。我想起卡夫卡的情書書信集，想起《月亮的距離》中說女批評家說讀 Calvino 的書猶之於作愛之感，想起我過去予人寫信（當然是指女子）心中所懷的那種幽幽的情愫對下筆的靈感。想起近午散步至LY.國中，問游泳班之事，所遇兩女子方爲可能之經過。難道我這種探索眞理的寫作，對我是種傷害？那還少了「陰」(？)的東西？

——愛情小說竟然可以寫成這個樣子?!

——我的小說???

——想起當兵時那小提琴手說：「音樂家，就是不斷談戀愛的人。」

▲這才是〈月夜〉的精神（主題）：溫柔？

七月二十三日（星期四）

42. 小說很重要的支援意識是「對生活經驗」的心得（研究——小說家的研究方式之異於科學家），小說家要寫的不只是研究與搜集資料的內容，還有其「搜集資料的經驗與所搜集資料之間的關係」（發覺這在我札記俯拾皆充滿著這樣的潛意識記錄）

——憶前幾日看中視一建醮報導的節目，在轉臺於通俗連續劇之時，忽悟：那種只道知識（建醮之種種）的探索，而失去個中的生活與情感，豈不怪哉！

（想起我在〈散步〉所表現的情景理的交融敍述方式）

▲想起當時寫〈婚禮〉（§）的心情

§本書〈辨〉之原來名稱

▲因思本文月亮之科學知識種種而如是反思

43. 也許對於小說家來說，於稿紙之外的構思（這使得稿紙暫時空白，並同時造成作家內心的不安），或許正是其「寫作生活的滋味所在地之一」。因爲，正是在這於題材之處理與生活環境之間的再考量中，一種新氣韻的結合正在逐漸形成中。

——有感於自己常常是逼迫自己「不斷往前趕稿」，而失去對生活與寫作之間詩意結合（並發出新的寫作靈感來）想起我之在他人書中找詩意靈感，則又何不能就在自己生活中找，問題在：我是否也能停下來想想此時之作與生活間的詩意關連），以致精神緊縮、孤瘦！

【生活太極拳：四兩撥千斤之功】

44.早晨被迫醒來（陽光，房間的悶熱，S.上班的騷動），心情不悅。於客廳後半段靜坐、腹式呼吸、排胸腹之中氣體，於後院中看滿院雜草，客廳中燒水、泡茶，思再睡一會兒，帶一種埋怨S.的心情。而忽然了悟：淸晨之夢對我的象徵意義，很可能與寫〈飛機的童年〉後腹痛有相通之處。在仍半睏之中，在腦海中有種不自覺的思緒與朦朧的感受相交雜而自然的湧現，沒有那如以全般意識性的「關注」態度（如，開會，或者是那種全力要想出什麼的用力狀），其所帶給人精神與態度上的陽剛氣。〈飛〉文寫作時，想起以前寫作須在「每次都處於精神全般休養後的飽滿狀態下才能工作」，因此，一切尙未全然充電好的狀態（人生不以這種時機居多乎！）令我覺得不滿，徹夜的失眠尤其令我覺得無法安心工作。如此錯失了許多「朦朧中的靈思」的機會。

▲如此意識到這個問題之後，我自不能將這種狀態用「太認真的」心情去「勉勵之」，人就是在這種心情之下失去溫柔之心的！

▲往往我就是反而在那種「要求過嚴謹的寫作心情」下將精神弄得僵硬不堪，以致覺難以下手／放手去作！鬆開嚴謹的心情，隨手寫來!!!

——天長地久的寫作生命的秘密???

45.在早晨於朦朧的靈感泉湧之後，本文情節大致底定，我想起這篇小說的文字，是否亦不用全部從頭改起，就讓它像侯麥的「我的女朋友的男朋友」的調調，從先前一種看似十分淺白的文字與情狀漸漸開入，隨著劇情的高張之後，文字亦隨之變動起來——這似乎會令全文讀來有著自然的神妙感！

46.午後 坐庭院中飲茶 聽由屋中傳來的二胡 忽憶前日上山 聽 CWC. 練琴

S.說其一個個音皆含混帶過

——而思吾小說散文的每一個段落的「清楚」程度

七月二十四日（星期五）

【最穩的人——精緻的精神與生活——我的宗教寄托】

47. 凌晨於微眠中醒來，遂下樓。

展讀著 *Letters To Felice*。

p.209 是那麼細微的扣住其內心中的每一個細節，但只這樣就夠動人的了！

a. 想起方才入睡時在〈月夜〉四度草稿的背後所寫的札記：「忽然之間，在這不刻意的時刻裏，心中有股宏願。覺得並非一時的突發奇想，或爲吾潛意識多年的心願（在書店站著看書，當下心中跳脫般的感懷；在校與在民族所看他人論文時的感慨萬千；爲何故呢？在那些匆匆晃過的輕忽社會歲月中，我如何能找到自己心中的明燈乎！）之『敢於此微弱時刻，作稍稍的呻吟與夢想』。——寫下幾十册的《寫作生活》，這豈非我最感興趣的題材！（而變換成各個小標題）」

b. 我的世界終究是由文字編織成的（「大量生產」，對他人，是「要求」，於我這竟是全般的生活之沉澱與沉溺！）——→「文字編織師」：我對女子衣服的欣賞 image。

c. 如此，每一個生活小細節是那麼值得細細品味——這才是我最著迷的休閒、生活與精神寄托——而這豈不是我那飛越式的札記所潛藏的心意（由於太急於記下每一個可以寫作的情景的大要——這是過去殘餘下來的毛病，一直沒去處理細節上的問題，以致味道一直出不來。）！

d. 反而這樣一來（每部皆細細道來），我才不會受限於「一」篇文章，「拘謹、緊張」於一篇文章！

e. 是這樣的心情才能確確實實「穩定我的心境」（從最內在的地方著手、建立起基地）——作到一個我所夢寐以求的「很穩的人」。生活，是這樣的經過自己細部得省察，我是要在這樣細密的生活方式中，去除掉後天社會所控制我多年的「因粗糙與輕忽的生活態度，造成我內心的不穩定」。
——是這樣的態度才能眞正使我細細、沉靜的去品味生活中之事，以及靜默下來讀著書中細節、音樂細微處！

f. 如此一來，文字似乎成爲我精神上的「宗教」。於平日行事時，它就是那樣的居高觀望著我的種種行徑與心境，神一般，因那以後都是要見之於文字上得見證的！

七月二十五日（星期六）

Dl (Kafka), p.37:

"Today I do not even dare reproach myself. Shouted into this empty day, it would have a disgusting echo."

七月二十六日（星期日）

【小說文體／寫作與我獨到的存在意義】

48.再次的改稿，而發現稿中處處充滿著「即興之作」，這些片斷的、充滿微妙的想法是如此的與靈感相接近，它們在過去是如何的使我不安（以爲那樣臨時的「胡言亂語」！）、不眞——但確實我在每日的生活中常常出現如是「非理性的即興之作」。而今我懷疑過去的那種懷疑的不眞實，或者反而是這樣的即興之作才眞正顯露出那已然「化爲無招」的內化的潛意識心聲。——是否，小說文體之於我最重要的正是在這個地方：在其它文體中我的潛意識靈思妙意往往給社會理性所看鎖住，而在這虛構的文體中解放出來，因此，反而是在這文體中這才是我所要追求的，而不當用理性的觀點、嚴謹的思考步驟來要求、對待之!!!——過去在這樣的文體中的遲遲不敢下手，或許正因爲我內在的聲音深深的認爲，在這裏我就是要在那種理性所不能有跡可尋的路徑中解放出來，而這與我數十年來所依賴的外在環境的「安全系統」所無法認知，這造成我最大的不安與不敢。

▲別認為自己是在寫一些「連自己都看不懂的東西」，很可能這樣的小說才是我靈魂裏最深奧的部分，懂，是要在「寫出來之後才開始的」——就像夢一樣！

▲真正的創作絕非是在那種步步為營、「意識到之後」的東西，我懷疑創作之於人類的重大意義，或即在於創作那得以擺脫「社會文化重力」，而奔馳往「人類潛意識／潛能的未知（外）太空」的那種心境。

▲▲▲也許，反而是「這樣的朝未知邁去」，而不是經過那一步步為營、思索、算計的方式，人才能重新感受到生命那最原始、最鮮活的動能與氣韻！

49.告S.說我終於明白爲什麼卡夫卡想像自己變成一條蟲的緣故。前日告S.如有下輩子，希望會是隻螞蟻，很快的就給其它生物或不是生物所消滅。

小註：

＊文中所提之人，皆以英文字母代之。

(a) *The Castle*：中譯《城堡》，卡夫卡長篇小說。

(b) *Temptation in the Village*：卡夫卡短篇小說，見《卡夫卡日記 1914-1923》，pp.48-58 (*Schocken Books*)。

(c) *Five Lectures on Chinese Poetry*：陸志偉著，臺北，書林。

(d) *Letters to Felice*：《卡夫卡書信集》，與未婚妻 Felice。

(e) *The Judgement*：卡夫卡短篇小說，卡夫卡以之爲找到個人小說的書寫方式之第一篇，寫於一夜之間。

(f) *Letters To Milena*：《卡夫卡書信集》，與有夫之婦 Milena，也是卡夫卡作品捷克文譯者，報刊散文作家。

(g) *Calvino*：Italo Calvino，義大利小說家，1923-1985。

(h) b8.1：〈月夜〉一部分草稿的電腦檔案代號。

(i) b8.2：〈月夜〉另一部分草稿的電腦檔案代號。

(j) 「鄰家女」：楚浮的電影。

(k)〈婚禮〉：本書中小說〈辨〉原來名稱。

(l) DI：《卡夫卡日記 1910-1913》(*Schocken Books*)。

〈月夜〉寫作札記後記：

寫作札記——在催生與摧毀之間

1.

出版社的編輯先生告訴我，算算字數，這書還少一萬字。這樣擺在書店的書架上，也許「站立起來」的樣子，從書背看來會顯得單薄。放下電話，想著這麼單薄的書，處於其它書的夾縫中之模樣。想起早晨，將書房的門打開，寫作一會兒，之後，把腿直直地在桌下伸展出去，將兩隻手在後腦上交叉起來，這麼頂著背後的牆，看著那扇門所展開出去的視野，沒別的，是鄰近住家的模樣。感覺上，卻有幾分的怪異，亦有幾分的新鮮；新鮮與怪異不是相庭抗禮，而是相互滲透，這才是在經驗上最使人困惑的。有時，覺得是書房給它們（左鄰右舍）包圍起來；有時，又覺是書房裏的書架、牆壁、窗簾、地板、木屐、灰塵，將它們包圍起來。但無論是前者或後者，只要門打開著，就覺得「自己」始終給這扇門，以及這扇門所開打出來的一片景觀所同時注視著。這樣的情景很容易使我想起卡夫卡日記中的一段文字(1914-1923, p.71)：

> 有兩位朋友，其中，禿頭的那個，長得像作曲家 Richard Strauss；面帶微笑，生性保守，人很聰明。另一個，膚色黑了點，穿著講究的很，態度謙和，爲人穩重，吃的很好，但是口齒有點不清。兩人都精於美食。兩人一直飲酒、喝咖啡、暢飲啤酒、白蘭地，不停地抽著煙，互相給對方倒酒。我的房間對面就是他們的房間，那裏堆滿著法文書籍。天氣一暖和，他們就在那個烏煙瘴氣的房間 (stuffy writing room) 裏，寫出一大堆東西來。

看著這段文字，印象最深的一個鏡頭是：我好似看見，卡夫卡從他房間的「門縫」看出去他所敍述的這情景。一個專攻尼采的朋友說，這是卡夫卡借「外」人述說自己內在的心思，這就是卡夫卡的思考方式。啜著小茶杯裏的茶，微風從冬日午後的窗縫幽幽地蕩進來，茶香使我想起這也是自己以前曾有過的念頭。然而，友人激昂的聲調、壓迫的氣息，又再次使我想起這幾年自己所力圖擺脫的正是與這聲調、呼吸，不可割離的思考方式與人格形成。屋內光線暗淡，眼睛的前方是方才拿出來，請友人惠賜意見，自己最近的作品。他似乎只看過一兩頁，便將它擱置一旁。屋子逐漸冰冷起來，現在突然對自己那樣瞭解卡夫卡那段文字，感到無法理解，好似那不是眞正的自己。

也許，這樣子的敍述——透過門縫中去觀看，會很接近寫作者在稿紙上書寫的情景。門縫就是稿紙，觀看就是書寫；美食，煙，酒，口齒不清，保守，法文書籍，膚色黑，人很聰明，或者是寫作者對文章在氣韻上期待的表徵（symbol），因此，是對自己寫作活動「內容」的「代名詞」。對著友人如是說，可以很清楚的感覺到右嘴角是濕潤的。因此，拿起面紙擦拭那一小塊地方。兩人靜默著，我探身過去，看他茶杯裏的茶尚不曾動過，遂只是將自己的茶杯斟滿。現在，回頭仔細地想著自己的「稿紙」，發現札記的體積要比本文多得多。忽然傳來後院白頭翁的叫聲，那麼寫作札記（指的是針對某一篇文章而寫的札記，因此並不等於「（寫作）生活札記」）或者是母鷄（豐沛的羽毛），而「本文」是才剛出生的小鷄？本文得以「存活下來的體溫」，是來自於寫作札記的？

2.

然而，寫作札記是像本文一樣「眞實」的——沒有這些札記，文章的形貌確定會是另一種模樣。是有可能，本文脫離寫作札記將會更爲美妙，沒有這些「緊緊跟隨在旁」的札記的話，文章或者會更自由。也曾這麼懷疑過：寫作札記扮演著輔佐本文的角色，但同時「有時候」（這是個中最大的奥妙，因爲大腦從不能準確的抓握住這一刹那。愈想去掌握它，愈容易失去它。）阻礙著本文行文的流暢，以及本文自我的圓融。然而，同時我也深深的懷疑，離棄寫作札記的本文寫作，這樣的自由與美妙難能持續多久。卡夫卡在日記與書信上的數量，並不下於他在小說「本文」創作上的數量。或者，日記與書信是他本文的「寫作札記」？

但，寫作札記或者也是另一種「虛構」。這些札記的眞實性，除非經過再一次寫作經驗所「變化地」繼承，否則它的眞實性只存在於寫這札記時的那個時期而已。

然而，完稿了，無論眞實或虛構，兩者皆接近於「煙消雲散」。兩者間的差別或只在一線之間：後者，可以再次「打開」來面對，而前者，已然失去這樣的機會。出版這樣的札記，或者只是這麼簡單的一個道理罷了！然而，宇宙的秘密往往是諷刺著人類這樣自以爲是的生物的；人類歷史不斷重演的秘密，或者其最深層處竟不在「那就是人類永恒的課題」，而在於最簡單的道理，才是眞正經得起一次又一次反覆不停的演練的，而複雜的人類（這個星球上變異度最大的生物）正是經由如此「簡單」的方式所模塑出來的。「永恒」，也許所眞正透露出來的，是人類對此宇宙法則的「感嘆之詞」！

就是要不斷地、再一次的去「變換地打開」它——不斷打開書房的門，「一直」（喝咖啡……）、「不停地」（抽著煙……），直到「天氣一暖和」（時機成熟），而能「寫出一大堆東西」（內在充沛而飽滿）。因此，出版這樣的東西，其所眞正意謂的力度，並不在於「瞭解創作過程」——我懷疑這樣的想法是一種莫大的「虛構」！而在於其「變化地展現」，在作品中的神妙之思情，是從一些「平日不假思索的細瑣之事」中，「神秘的」（因此，根本是與「創作過程」無關的！）開出花來——創作的經驗是很接近於「能聽出花開的聲音」的。問題很可能就從：美食，煙，酒，口齒不清，保守，法文書籍，穿著講究，這麼具體的東西，同時也是很表面的東西，不可預知的開展出來。接近的路徑，很像是在我們初爲人父母時，拿著奶嘴、尿布、包裹布，這些我們出生時所依賴以爲生的東西，那樣的情形。一切是再瑣碎不過的，再具體不過的，但是同時也很可能是我們二三十年來，所不曾有過，再「童心」不過的（不是兒童的童心，而是成人的童心）！——就在我們忘卻（連「忘記」這個念頭也忘記了！）一切文化與社會的記憶剎那之間發生。

3.

是的，創作的心法是忘掉創作，但忘掉創作這個「想法」，不能是創作的第一個步驟，而很可能是要在最後一個步驟才能完成的——完成的將不再是作品，而是創作者。「創作」與「忘記創作的創作」之間的差別，在於前者仍是在創作出作品，而後者是要創作出一個新的人。這之間的距離，可有寫作札記揷足的餘地？

坐立斗室之中，手足逐漸冰冷起來。人最脆弱的時候，並不在寒流來襲，而在氣溫劇烈變換之「交」。

如此，理由似乎是再「簡單」不過的了。

寫作札記像是趨向成人童心的那片尿布，當初（我們兒時）是那麼一氣呵成的東西（一步步的，要推演出一篇完整的作品），如今（爲人父母時）卻是那麼一天天區分開來的東西（現在札記中的每一條，各自分離開來）。但是，個人認爲正是在前後如此戲劇性變化的差距中，寫作札記最足以提供著「再一次」的可能——一個非常近似而接近的可能。

「近似與接近」的理由，不只是在於「寫作札記與作品本文之間在旨趣上的相似性」。更重要的理由是，在所有存在體中，寫作札記是唯一與作品本文「絕然相反」的東西：(a)在看似不同的題旨上，兩者所共同面對的，再無它者可取代；(b)在看似相同的題旨上（卻在不同「標題」下），兩者以各種途徑（符號，語言，連接方式，發展的目的地）一次又一次的區分開來。正是在這麼緊密的關係中，寫作札記所羅織的「再一次的可能性」，可在許多角落中（咖啡的，態度謙和的，法文書籍，精於美食……），一再地去試練。

當初是以一個催生者的角色，寫作札記成爲作品本文的附庸。如今，作品完稿了，寫作札記在給本文棄放掉後，卻又以另一種偶然的方式成爲本文，這時它所扮演的角色幾近於在「絕然相反」這部分的了。現在已經不再需要它去催生作品——這部分只存在於作者寫作過程中，如今它是（being）一個「站在那裏的獨立存在體」。如此，在那每一個劇烈變化之「交」（不只是一個的！正因爲這時的寫作札記是由一條條「可以各自獨立」的題旨所構成），它開展出「摧毀」本文的空間。

既是催生者又是摧毀者，也許這是卡夫卡用以描寫那個房間爲「烏煙瘴氣」的理由。因爲，確實是如此的，在寫作中，「可以寫出一大堆東西」的（內在世界的充沛、源源不絕），正是存在於如此看似矛盾，但卻又關連在一起的東西「之間」（「兩個朋友」）。

編輯手記：在城市中溜狗

1.

底下是本書「原來的目錄」。

4. 尋找反核運動的意義

〈中卷〉

1. 辨(一個片斷)
2. 「倩女幽魂」與臺灣解嚴
3. 飛機的童年

〈下卷〉

1. 在人類學的後面與旁邊
2. 散步——在寫作中
3. 蝴蝶球傳奇
4. 月夜寫作札記

所謂「原來」，是指依據寫作的「物理時間」，而作的排列次序。這是大部分的書在編輯時所依據的原則——當然，再加上「書的主題」。然而，這樣的編輯理念令人想起學校的課程表。

那麼，這樣的編輯理念，問題是出在那裏呢？

2.

常常，自己走在日漸擁擠的市街，看著過往的行人、車輛時，有意無意間，我會去觀察他（它）們是在那種情況下會「暫停」下來？行人停下來是爲著等待（等人、等車、等紅綠燈），車子停下來也似乎是爲著等待。至今我還沒有見過有人（車），是駐足停下腳步觀賞著四周圍的什麼的。這樣的情景令我想起時鐘上的時針，在他（它）走動時，兩者間的相似性是很明顯的；在他（它）們停下來等待時，這之間的緊密關係更爲明顯。社會制度、社會時鐘似乎是這街道中的一切，其他的似乎都沒有了。也許唯一的例外是，現代人帶寵物出門，奇妙的是，那畜生竟憑借著人所欲控制牠的繩索，將人「拉開」、脫離出社會制度與時鐘之外（這不令人想起本書中的〈散步〉一文，以及，一開始所提及的 Jose 的那篇同名小說）。

是的，這兩者（等待的人車，溜狗）之間有何差別？這之間的差別又如何？或者是，這差別與「一本書的編輯或結構」又何干？

3.

走在城市的街道之上，我常想起中國傳統山水畫或山水詩詞中，人在大自然逍遙自在的情景。我可以很「自然」的感受到，那畫或那詩所表現的就是人「內在一幅寬闊的空間」。然而，在市街之中，人依據「社會」時間而行——無時無刻，「社會」似乎就是現代人的「自然」代名詞。不同的是，這時社會空間（餐廳，公車，電影院，便利商店）佔據著現代人的內在空間。人類在這之中，不再有「神秘」的空間，並且是儘量避開神秘（或者「曖昧」、「不明確」）。然而，這在以前的大自然時代，很可能是人類在宇宙中，可以領略出一個創作者（或者說是一個「活潑潑的生命體」）最重要的東西：大自然變幻莫測的時間——在這樣的時間狀態之中，人類的內在空間或者才能「潑墨般的展開與綿延」。現代人是在「現代社會的時間」中機械地動作，心理時間就是社會時間，也是機械的物理時間；而狗雖給繩之以法（主人的物理時鐘），不過牠仍在這條繩索上，以宇宙的自然時間潛意識與之作掙扎。顯然，人類並還沒有完全喪失這方面的能力，這從許多寵物的主人，在寵物身上所獲得的「遺忘的樂趣」可茲以為證——遺忘社會的時間與事務。

換句話說，一本書若果是以其文章寫作的「物理時間」，作爲編輯的次序（卽一本書的時間刻度：頁碼），那麼事實上，這書仍處於「擁擠」的城市街道上而行的。而所謂的「一本書的主題」，在如此情狀，不過是「一種逛街的名目」而已。在這種編輯理念下，人的內在空間仍只是在社會既定的路線上行走——固定、擁擠的行走。因此，個人所以爲的一本可以使人內在空間，柔軟變化的編輯方式，是當依據這書的「內在時間」而行的。在本書的自序中，最重要的工作，就在敍述這樣的內在時間路徑（亦卽本書所以爲的「眞實」、「歷史」）。

確實是如此的，今天我之所以爲這幾篇文章可以成爲一本書，最初所意會到的起點是從本書寫作時間最後的一篇文章開始的（卽〈蝴蝶球傳奇〉）。是從這個地方，我回溯出這整本書的主題，以及內在結構（卽，內在時間）。爲此故，頁碼的次序正好與當時寫作的時間顚倒過來。而，自序在這理念下，便位在這篇文章之後（異於一般書之位在最前線），那剛好是棒球第四棒的位置，是串連本書內在靈魂之所繫。編輯手記，站在本書第三個打擊位置的理由，確實是如此的：一本書的攻擊火力（一本書的「結構力量」）是從這個地方，才眞正「正式」開始。

4.

這樣的編輯理念明顯的企圖（也是「小」企圖的），是在於個人對「眞實」的接近，而一個隱晦的企圖（是一個「大」企圖），是希望這樣的編輯方式，所排列開來的頁碼（本書的時間刻度），能接近於那條掙扎在自然時間與社會時間的繩索。作者在此所力圖「接近」的就是那條狗——活潑潑的自然生命體，透過這條繩索（編輯方式），與讀者對話起來。讀者，或爲拉著繩索另一端的主人；或者爲路人——看著一條脫韁的狗在城市中奔馳，而手上的繩索已然「接地」，接著的不再是大地之母——泥土，而是已經給柏油所隔離開來的「城市（社會）之路」。

自序•從芭蕾舞到太極拳——眞實與虛構

1.

擺在我面前的這十篇稿子所呈現的第一個缺點是「良莠不齊」。但是，我卻認爲恰恰好在如此社會的言詞與思考認知上，我的手掌（當然是指那隻握筆的手——吃飯的手、打球的手、開門的手……皆無以致此！）觸摸到「創作的那道牆」。這樣的「水準不一」或者才眞正是使人躍上那堵創作的牆的第一步。理由何在，歷史與政治竟然在這裏佔據著最重要的兩個地位。

事實上，作爲我的第二本書，我初初在看到這第二本書竟然是與第一本書一樣，都是來自「十年來幾篇文章的累積」而成，而不是我立意想當個文字工作者（這是兩年前的一個決定）「後」，我的文字倉庫中的「有意之作」所滙集而成。那種感覺像是自己尚不能控制自己，自己尚不能切斷與過去「沒有以文字工作爲意的散亂生活」的糾結。

然而正是在這樣的一種「不能一以貫之」的沮喪情緒中，我想起我們所受的教育；我們指的當然是「戰後在國民黨教育體系下長大的人」而言。在這樣的認知系統中，一切古今中外的「巨人」，若非「天賦異秉」、「天縱英才」便是「麗質天生」、「美人胚子」；人類歷史在這樣的思考模式下似乎成了一種「無可救藥宿命論」，個人的一生早在娘胎便已然成了定局。在如此認知下，問題的嚴重不只是「民主制度對人類潛能」的巨大貢獻之被抹滅，而且更嚴重的問題是，在這種思緒下，人與人之間的溝通成了不可能以及不必要了——既然王者（眞理）已成形，其餘又何足道哉！黃帝、唐太宗、漢武帝、劉備、曹操、岳飛、蔣介石，不都是如此「從未出生到逝去」都只有一種容貌——王者的容貌。或者以更精確的詞彙來描述這些王者的容顏，那就是我們（又是「我們」！）從小看到大，在校門口、在禮堂、在大建築物前的「雕像」。

當然，並非任一種「水準不一」皆具有這種毀損「雕像式認知模式」的能力。因此是必須放在一種歷史的變革水波中，而可得見其流轉的方向與起伏的高低——這是一個想以「水準不一」的背離社會思考模式，來重新瞭解眞相所必須具持的自覺。

我在這些篇章中，見到「許多個我」，其中多半是前後矛盾的——對自己、對別人、對社會的都有。但是在這種看似難以理解的「十年河道的地形圖」中，我重新對「瞭解與不瞭解」「之間」的關係，產生一種近似於「對流」的辯證思考。

似乎，眞正的瞭解竟然弔詭的（paradoxical），也是諷刺的，並非全然是落在瞭解的「孤軍奮鬥」上的，而或者更多的是要來自於我們對「不瞭解」領域與事物那種寬容與開放式的態度——我們「現在」（在臺灣解嚴後）不只明白，當我們知道的愈多，我們也就愈不知道，而且我們過去所知道的往往才是造成我們知道事情眞相的最大阻礙！

而這樣的寬容與開放式的態度要來自於何？大腦似乎反而是這種態度的迫害者——這經驗不只來自我在「書上的禪宗」之所知，亦來自於我在許許多多的學者（所謂具有「高深的思想者」）身上發現到：當人與人之間愈是堅持在所謂「眞理的模樣」之爭時，人與人之間似乎距離愈遠。很可能眞理就在他們那種陽剛的語言與思考模式中失去其蹤影，眞理或較近於掌中的小鳥，握之太緊反失去其生命！

是的，問題確實在於一種所謂的平衡關係：在瞭解與不瞭解之間的平衡關係。握之太緊則眞理消失無蹤，握之太散則亦無所知其蹤。這必須以一個詳細的例子先具體的示範出來，但我所從此序一開始所運用的邏輯語言，其所能展示的，最多只是一種「思考的細節」，然而，許許多多的眞理將不只是思考上的問題所能含蓋的。我所指的這個例子就是本書的結構：這十篇文章之間的關連性。而就是在它們彼此之間的關係中，我所發展開來的是，我所以爲的一種對此平衡關係的探索方式：這樣一本「書」所建構出的一個小世界「接近」這種平衡關係的可能（possibility）與程度（degree）。

2.

我看著這書的第一篇文章——〈兩個世界〉——時，我確實感受到那種父親看著兒子那樣的眼神。就我現在的標準來看這篇文章（「父」看「子」啊！），寫作的意圖尙處於還在地上爬行的階段——我還懵懂地用我稚嫩的社會科學與文學在爬行，我還沒能「直立」起來。但我後來在思想上所關注的兩大課題都在此出現，而且佔據著文章中最主要的課題：(A)**現實與想像之間的關係**；(B)**中西文化交融的可能**。

這篇文章使我的記憶充滿著淚水的原因是，這是我的社會科學與文學之間的第一次對話。傳誦著那些粗糙而直率的文詞的聲響，使我想起我在最初作爲一個工學院的新鮮人（最初我考進的大學科系並不是人類學）時，我是如何的讀著那時我心中唯一的安慰：文學。我確實感到在那樣的歲月裏，自己是第二次的「墮入幼兒」般的狀態的。

我在讀小學時，母親必在早上四點半叫我起床算算術，在那工學院的新鮮人時期幾近是每天早晨四點半，從大一的新生宿舍圍牆爬出（我們的宿舍十一點熄燈、鎖門，早上六點開燈、開門），跑到建築館莫名但卻充滿著熱情的讀著《附魔者》《河童》《韓伯的禮物》《射鵰英雄傳》（這在那時還是禁書）。

文學與社會科學在這篇文章中以一種近於潛意識的莫名狀態，似拔河、亦似對話般地支撐著這篇文章站立起來的全部力度——這在那時的寫作意識中是全然無所自覺的。而在這兩年中我竟然是在一次又一次偶然的翻閱自己這篇文章之時（由於搬家、賣書、整理書架），我才能逐漸明白爲何在西方文學史上如此深奧的卡夫卡作品的本人，其對友人幾從未曾「解釋」（這不正是今日社會的顯學嗎！）其所衷愛的作品，他只是一遍又一遍的讀著他所喜愛的作家的文段給友人聽。我想著我這篇尚未「轉（爲大人）音」的聲質，亦想著聲音所傳誦出的那不可言喻的神秘心靈境界——也許演奏家一遍又一遍的拉奏同一首曲子（大半皆長達二三十年），個中對一個人心靈的模塑，竟或與誦經之間有著某種不可思議的力量在其中——據自然科學家說宇宙中的某些規則就一再重覆於植物的葉脈文理上。如此我們現在所謂的「瞭解」、「溝通」眞是我們瞭解眞理的究竟嗎？問題的更深一層或在於：我們是如何對待那些在我們所以爲的「瞭解模式」下，那些不可理解的「部分」。

〈婚禮·A片·喪禮〉一文所橫跨的時間相差有四年之遠，當時的寫作之如此直覺——就是用「看A片」這相似點來連接這相距有四年之遙的不同經驗。然而眞眞奇妙的是，在「婚禮時期」我的社會科學頭一次徹底潰敗——在 Eros 之下，我平日所以爲堅固萬千的邏輯思維並無力抵抗那樣些微感官的誘引（而或許正是它以如此「些微偏離道統」的形態出現——「電影」而已，才眞正顯現出我的社會科學與生活之間的「薄弱」關係——它企圖／有意識的面對著社會之總總「大」向度，而讓自己的生活在指縫間流失——因爲它們是如此的「微小而瑣碎」）。因此，事實上在生活中竟充滿著如此驚人的暗示：在文中後半段所淺淺揮出的敍述我、符號學（Eco）與郵差之間看似「無所關連」的經過，也許在底層竟象徵著如此脫離生活的社會科學（我以符號學爲此最高的目標），在我與社會科學之間是無從在「心靈」深處產生溝通（「郵差」這個符號啊！），感官很輕易的就從沒有「防波堤」的河岸上任意的湧出。

在「喪禮時期」，我正面臨著對社會科學所產生的重大懷疑：我懷疑那種社會科學式的尋找資料、觀察事物、研判人羣的方式，甚至，就是其對生活方式本身的影響（而諷刺的是，當我在多年後檢討著我那時的生活與社會科學之間的「缺乏內在心靈溝通」的原因，竟有很大一部分是來自我對社會科學那種「構成文章的經過」——即方才所述之「尋找資料、觀察事物、研判人羣的方式，甚至，就是其對生活方式本身的影響」——其對一個人人格的模塑並未加以察覺之所致），是對人的心靈有著很大的負面影響的。但這只是多年來的直覺，而並未以理性先去全盤來重新檢討——或者這樣的作法的本身就是一種企圖擺脫過去那種理性行徑的行爲，而我的非理性便是以違背禮教的規範爲所是——我失著業、遊蕩不圖所是，如今看A片成爲一種有意反社會科學的「小小的象徵」。

然而，我碰到了「荒謬」——在一種對荒謬最不加以提防的情境下，我無從理解——事後如此在紙面上的「演說」，或者這樣的情形正是另一種荒謬。因爲也是那麼的無從對我的社會科學防範其超越限制處，只是一再的依靠它。但是，漏洞是免不了的，畢竟心中的某些未經社會科學「雕琢」過的東西，會在這個混亂的局勢中微微的探出頭。但反而是這種情境竟產生一股使我想要瞭解的強烈欲望，文學（沈從文）初次從八年前的古墓中翻掘出來。但我的文學功力太過粗淺，而或者竟是如此的一種「考古情感」，反而使我將本欲脫離的社會科學又與之藕斷絲連——由此可見自己對「非理性」（這或近於「不可理解」，而不是那種所謂的「反理性」的認知方式——我認爲這是一種依靠在理性的大牆上而作壁上笑談的「思考方式」）的無所適從。

「荒謬」到了〈綠島的自由與人的蛻變〉再度像浪子回到家門似的——回到社會科學的家門，或者這個標題反而成如此行徑的諷刺。本文當初是以一種翻轉過來的戲劇心理書寫開來，整篇文章的文氣所追求的亦是如此一種氣韻流轉的抓握。然而，「恰恰相反」的是，我在這時對荒謬仍是缺乏更寬闊而神秘的想像空間的，我當時急於尋找一個安身立意的「思想」——心理學家說每種職業皆模塑著那種職業特有的人格特質，而學者的「職業人格」或者就是那「對學理（思想派別）的依賴」。我當時所以爲的「離奇的書」一者不只是重回社會科學的科學懷抱，而且是回到科學的正宗——自然科學——中去確認自己與社會之間的關連。二者那種對奇思妙想的「神秘思情」這時徹徹底底爲理性所同化，一切力圖翻轉過來的戲劇似乎只是一種小孩拿小鈴鼓翻轉擊敲的遊戲：在以前孤獨的理性領域中，我聽不見共鳴之聲，如今我在一個看似非正統社會科學的領域中亦能作理性之思。

唯一與以前不同的是，個中許多處於朦朦朧朧的感覺中，我似乎很自覺地要到文學中去翻攪——雖然這時對文學的再次歸隊（記得我大三讀社會科學，一個十分「過火」的作法是，我在學校的地下道賣著我過去所有的小說書——我當時是如此以爲這些東西是那麼「沒力量」一）粗糙而且輕浮。但也許脫離學院的無所適從，多少也使得我的社會科學意識的界線不再那麼「僵硬」，文學或者只是以彩虹般的模樣，以一種炫麗的語調極短暫的掛盪在空中的一隅，而佔領著天空的仍是社會科學的心思。

文學在此扮演著「修辭學的功能」居多，所剩那些少部分的似乎潛藏著我未來對「我對文學的看法」的質疑空間。

〈尋找反核運動的意義〉很可能是此書中最苦悶之作。「尋找」在這裏是一個近於唱高調的「探索」用語的通俗化，而眞正的事實並不是尋找，而是「記錄」。我在其中的「尋找」是那種尋找社會遺留在地面上的足跡——無論是對反核歷史的回顧，或對當時反核運動現場的「掌握」。很反諷的是，我在文中所強調的（同時也是「尋找」出來的）：「社會力量必得先通過個人切身的體驗，才有可能實踐成形」，這般深層的個人與社會之間的關連，在這篇文章中是全然缺乏的。或者這就是這個時代人類精神苦悶的原因之一：我們每日所工作的幾乎都不是自己內心中所寄望追求的。文章最後之歸之於「意義」似乎是很難以避免的了，我不只汗流浹背地靠在社會科學的牆上，我在那牆腳下坐了下來，我想那是眞正的疲憊，我確實在這個牆腳下休息了很長一段時間。

3.

〈辨（片斷）〉、〈「倩女幽魂」與臺灣解嚴〉、〈飛機的童年〉三篇文章所呈現的是近似於一個人在一條繩索上行走的模樣。

繩索的兩端分別是〈辨（片斷）〉與〈飛機的童年〉這兩篇虛構（fiction）之作。我在這兩篇裏以虛構的文體向自己的潛意識作直觀的探索〈辨（片斷）〉所予自己最深沉的感覺是近於那種一個人被孤零零的丟在這世上去，在那種無所依靠的情境（沒有人類學、沒有結構主義、沒有易經，甚至脫離自己的家園——那是個我從未到過的地方）中找尋（這個找尋，現在是一個在內心中強烈而主動的欲望了！）一個可以站立起來的力量！

問題或者仍要回溯到距離這篇文章四年之久的〈尋找反核運動的意義〉而問題仍然是在「什麼才是眞實的」？「什麼才能造成人與人之間瞭解的基礎」？

寫這篇文章時，我第一個面對的問題是反核運動的歷史（不只是臺灣的，還有其它國家的）。一切事物從歷史中過來似乎是無可置疑的，但是當時我卻在這個「無可置疑」的地方使我感到莫大的痛苦。問題是：在寫這篇文章時，這段歷史「似不可免」。但我卻始終在心理上與這段歷史產生很大的疏離感，當然不是指意識形態上的排斥。當時模糊的直覺是：我與這片土地上的那麼多歷史相阻隔，但我「眞」的需要那麼多的歷史嗎？在當時我有種罪惡感：我對這片土地上所發生的歷史的無知與疏忽；但在我朦朦朧朧的直覺中卻又對這樣的罪惡感產生疑問。很悲哀的是，在如此工業時代的工作形態中，似乎只允許前者的存在，而後者眞的是只能「變相的出現在夢中」——因爲這個社會不只無暇使人對之深思，而且也並不容許有「這樣的時間」的存在（而在我這幾年的「閒暇生活」中，我發現或者這樣的問題才是佔據著如自然科學中所謂的「基礎科學」的地位——當然，這裏的問題不在科學，而在「基礎」）。

確實，我眞的需要那麼多的歷史嗎？問題的「基礎點」或在於「那（ㄋㄚˇ）樣的歷史」？眞眞奇妙的是，我後來發覺這問題最可能的答案，竟然就是我所寫的那篇文章最主要的題旨：

「社會力量必得先通過個人切身的體驗，才有可能實踐成形」

反核歷史之成爲我的歷史，那是由於「我工作上的原因」，而不是「我原來生活上的環境」。因此對於「我」來說，並沒有所謂的「反核歷史」——對他人也是如此。有的只是「我的反核歷史」，這是由：我在這家雜誌社報導反核運動＋我過去所受的教育＋我過去對反核歷史的無所知，這三者所構成。是這樣一種主客合一的歷史才眞正能使讀者讀到自己（主）與他人（客），內在世界振動的靈魂——這其中最關鍵的當然是在這樣的「主客相互滲透」上。

什麼才是「眞正的歷史」？《三國志》？還是《三國演義》？都不是！而是我們怎麼會去接觸到那樣的歷史？（友人介紹？學校的功課？個人一時的興趣——如：作夢夢到張飛的鬍子？）以及（「十」的意思）我們是如何去對待或處理那樣的歷史的？（自己閉門而讀，或者是與友人討論？馬虎應付之，或者是竟將之以爲碩士論文的題目？隨意翻翻，或者是開始研究起人類的鬍子，或者只是後來看見人時特別注意到鬍子的模樣如是而已？）

然而對於相同的問題——什麼才是眞正的歷史——更觸摸到這時代的脈動的是：對於一個全然沒有「反核歷史」的人（而一個有著反核歷史知識的人，還不一定就有著「個人的反核歷史觀」），他又當如何在「這樣的環境」中「活動開來」（這字眼並不是說要他們去「正面面對」——如果如此，他將不免去找尋那些反核歷史資料。而是指那些「身在其中，但又沒有或缺乏這些歷史知識的人」。如當地不識字的住民，那些才剛要進行採訪報導的記者）？

這個問題多少年來困惑著我，因爲這個問題事實上並不只是如此。對於我（我必須常常這麼說，因爲這是最肯定的一件事——這是我的問題。然而，我卻又如此的相信：我如此纏綿地訴說著我內心中的困惑之時，讀的人將聞到那種向自己內心探索的氣味，無論讀者是否與我有著相同的困惑，這道探索的「風」將微微掀起那樣的動機，一如風之吹動起書頁。），從大學時代我每每翻看書後龐大的參考書目，我不禁自問：「一切」深刻的體認都得必須從這些「書後面」（它們有時在我夜半醒來時，呈顯出一種令人難以言說的恐怖感——像埋伏在黑暗處的劍客，而他們出手的招式都將使我落淚！）這些「巨庫」（也許更適當的描繪或者竟近於卡夫卡對官僚機構那種恐怖的感覺；但學界用「系統」的美名，使那些陰狠的劍招有著美麗而正統的稱謂）「才能」建構起來——沒有例外？

在大四預備軍官考試結束的那晚，我捲曲身體在床上，如蛇般，不動。我從「梁祝小提琴協奏曲」、「貝多芬克羅采奏鳴曲」，聽到布農族小米歌、阿拉伯的音樂。我這麼想著：如果我不具備西方樂理的「基礎」（多麼困惑著我的字眼啊！），我在這些音樂中將一如給河水沖刷掉的砂子了嗎？但我確實在那時從布農族小米歌中的「斷裂處」，我聞嗅到一種生野、孤獨與飽滿的氣息。阿拉伯人說他們的音樂並不是音樂，而是他們與上帝溝通的語言。在那種吟哦忽高亢忽低沉的曲調中，我猛然想起我所睡的床下躺滿一地的洋酒！我的眼前出現既快速又悠緩的影像：兒時賓客上門的情景、家中那時一間專放洋酒的房間、魚池、鄰人家中的那隻熊、在巷口作操的棒球隊，但我心中卻又生發著另一股力量，一種像似要脫離這些東西的欲望，但又覺得似乎必須先從他們身上穿過去的感覺，以致我當時仍然認為一切還是得從社會科學的顯微鏡裏，才有所謂的意義可言。

在這幾年想從事文學寫作之時，常常是心中懷有這麼一點心虛的：在許多作家的傳記中，幾乎是沒有例外的，每個文學家都是自小卽通曉其家族的歷史，而這種知識在其往後的寫作題材與靈感上「皆」扮演著不可磨滅的地位。我在這方面幾乎是很朦朧的，卽使有時父親提起，但我確實不只缺乏歷史的好奇，而且聽來絲毫不感興趣。常常那個夜晚的景象便跑到我的面前，我不明其何以如此，有時會覺得有種要「鳴鼓伸冤」的味道，但或許太含糊了（因此也可以說是我對它太含糊了！），鼓聲始終只是悶著。直到今年三月，我去一個久未謀面的友人家，在席中我聽著身邊兩位女子指著手上的巴黎照片，一邊說著 Derrida 之事，一邊告我這條街是巴黎最有名的cafe。一夜過去，我晨間從夢中醒來，奇怪的是，「當下」（這是件多奇妙的事！）我告訴自己：「沒去過巴黎就不能寫有巴黎的小說嗎?!」我走進書房，翻著這幾年來的札記，並不再去細想什麼（不當說當時是「將什麼理論都丟開」，我現在認爲正因爲當時是沒那麼自覺，以致才有那樣的模樣），我心中所懸念的一個是我在上面所說的心虛那種朦朦朧朧的圖像；一個是我如此的質疑：究竟「這些小孩」趨近他們家族歷史的經過是如何（但不是去問他們的「動機」——因爲我懷疑動機說或者竟是最缺乏「事情前後經過的一連串變化的眞實面貌」的！）？

我下筆，但我對自己的筆覺得奇怪。一切所呈現出來的東西都是「不可考」，因此帶著

硬的精神柔軟度在這兩者之間梭尋來往，那模樣或近於此：

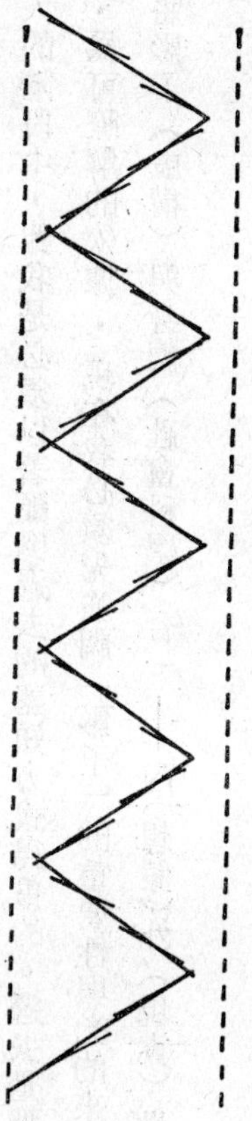

這或近於芭蕾舞那樣的舞態：墊足尖、拉直腿、直線地舞動著一切活動型態，身體緊繃，在一種極度嚴密的規律中前進與跳躍。

而這「極度嚴密的規律」指的正是那一套西方學術研究的路徑（西方式學術論文體只是這一套招式所剩餘的殘骸，或是觀者可得見的汗水）。當然，問題仍在「平衡」上。因此，擺蕩是難免。在這之前我必得借助於平衡竿，但我逐漸發覺這竿子已然愈來愈重。它不只妨礙著我的行進（更不說是平衡！）——腳的問題，而且使我的手要舉它都很困難，那樣繁複與「僵硬」（這個問題比繁複更困擾著我）阻礙著我與客體眞正近似於在靈魂深處的會通。

這篇夾縫之作使我丟掉那根竿子，我不必再要去尋找那「唯一的平衡點」。我微微感受到一種近似於在繩索上擺蕩的感覺——那裏每一個點都可以是平衡點，而過去便是在堅硬的蹺蹺板上尋找那「靜止不動的平衡點」。

〈辨〉如果可以稱得上是一個支撐起擺蕩的繩索的一端之作，那麼〈「倩女幽魂」與臺灣解嚴〉是預備攀登在這條繩索前丟棄「竹竿」之作，而〈飛機的童年〉才眞正開始踩著與「過往」那種地面上的步伐截然不同的「足感」——近似於一種顚倒過來的感覺。或者說，在一個剛進入的階段中，對我是必須以著顚倒過去的認知方式爲重的。過去是那麼以手所抓握者爲眞實、爲可瞭解的依據，現在我必須先強調「影子」的重要性與光的來源。如是而後，我才能將影子（虛構）與身體（社會科學）合一——內(想像)外（現實）世界的合一！

4.

但是，接下來的經過產生另一次戲劇性的變化。如果沒有〈在人類學的後面與旁邊〉，也許我還封閉在上述那樣的自滿中。

〈在人類學的後面與旁邊〉是邀稿之作，起初我很爲難，因我告邀稿的先生我不再寫「那般議論之作」。他寬容我可以散文化來處理。但剛開始我卻仍又回到過去那種夢魘中——我還是免不了要從議論式文體「才能」下筆。寫了一段，我幾乎要放棄了。我沮喪著翻閱自己近一年的札記時，才猛然想起「可以散文化」這話，而心中眞正覺得（像是種「放」或「打開」來的感覺）可以把議論、散文與虛構，三者在同一篇文章中「對話」起來。這近於可以坦然面對過去的感覺，由於既不是一開始就立意要作的初衷，因此使得文章的進行顯得溫順而自然。至於事後會以爲那是種「大膽」之作，而此時方明白這樣的修辭才是眞正的「結論式的思考模式」——這也正是〈在人類學的後面與旁邊〉所嚐試要穿過的困境之一。事實上，我們最不容易看清自己的最主要原因，並不在於我們洞察的不夠深入。例如像：「重要的是過程，而不是結果／目的／結論。」這樣的思考方式與語言，反而使我們在憑借著它們看得更深入、清楚時，矇蔽了我們。因爲，正是這樣的說詞的本身就隱藏著目的論的心態。因此，眞正造成一個人在心靈上的蛻變的將「不只是」呈顯於內容上的（文章中的第一段就直接意識到這樣的問題，因此，也許是這樣的心理準備，才能在下文中將三種文體在同一篇文章中對話起來。）。內容上的變革不只不夠——很可能這樣反而更使我們深陷在那樣「唯一的」思想模式中而容不下其他種思考模式的空間（我們是那麼常常的親眼目睹在研討會上，學者、專家們是如何的相互排斥著！），形式上的變革也必須同時跟進，那才是「眞正」能使我們的內在世界的空間「進化」的更寬廣。兩者的關係或者竟是如此的近於腦與心的：哲學的腦，藝術的心。

換句話說，我差點從「繩索」上跌下來。那意謂著我雖自覺的當丟棄自己所依靠的「竹竿」，但當面對外在社會的強大力量所拋過來的「竹竿」時，我所能化解開來的功力還很淺——是在這個時候，我察覺到「功力」所扮演的角色的重要性。我察覺到過去的歷史絕非那麼一成不變的操縱著我們，因此，歷史也不再像我們所想的那麼封閉在過去的歲月中而不可動搖——那樣的歷史才是眞正的「虛構」！

〈散步〉與其說是對個人過去歷史的重新審視，還不如說是來自對現在生活「心境（或曰「內功」）」的檢討。題目的名稱或者是對自己一種象徵式的期許：那麼樣的腳踏著實地（「步」），但卻又是不那麼剛猛（「散」）。這是這本書中寫得最放鬆之作，那時的心情確實令我覺得是近乎太極拳的。

〈蝴蝶球傳奇〉所力圖企及的絕非所謂的「魔幻寫實主義」（那所予我的是一種「依靠在另一派學理之牆」的感覺），而是企圖尋找一個眞正屬於「紙上文字世界」的經驗——一種純然在紙上閱讀與寫作的經驗。我所以爲的蘇軾的「明月幾時有」在「今人」（這兩個字是個再關鍵不過的字眼了！）的經驗中已然全非，在一個以文字、電腦按鍵、虛構文體爲創作模板的人，宇宙（人、自然與超自然）將以一個迥異於「五千年文化傳統的時代」的面貌出現。我在文中如是將月亮從山頭拉下來（這樣的靈感很大一部分要來自「阿姆斯壯登陸月球」那樣的意象——請參閱〈「倩女幽魂」與臺灣解嚴〉一文倒數第三段。當然，另一個部分將由文章的「氣韻」所決定，而很可能後者的「重力」要大於前者），像是畫家以畫筆畫著山頭上的月亮的「觸覺」。

確實我是這麼「顚倒過來的相信（比較：邏輯語言的「我想」）」（而這就是〈飛機的童年〉所力圖要捕捉的「氣韻」！）：只有當我如此的從紙上經驗「本身」獲得眞實的感受，我才能在離開書房、書桌、文字、書本、我的家後，在那無所不在的諸般迥異於文字世界的世界中洞見出那些世界裏，眞正活生生的東西——一條眞正在水裏游的魚，而不只是「紀錄影片、書面報告、實驗室」中的魚。

這才是我現在所力圖接近的舞姿，一種像魚在水中游擺的姿態，像絲綢般舞動開來的容顏，像太極拳般的行雲流水、柔韌兼具。我明白這本書才不過是走到河邊觀看魚游擺的階段而已。

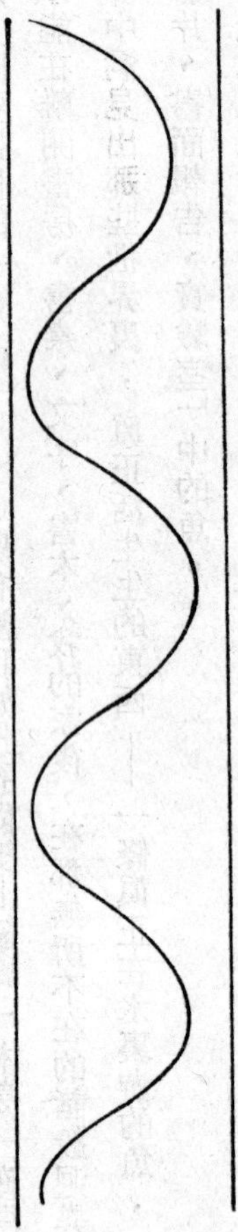

一本書的完成對個人所意謂的最大意義，或者在於預示一個「眞正」的開始，一種近於重新創造「歷史／眞實」的心理空間。

5.

然而，這時一個有趣的問題出現了：對於本書來說，什麼才是「眞實」？什麼才是「虛構」？——原本「眞實」的敍述文體或者竟包藏著更大的虛構（文體的問題，工作環境、工作態度的問題，……），原本虛構的敍述文體或者竟較接近於人心中那份原始的、「眞實的」動感。然而——奇妙的是，現實界往往也是在類似這種「然而」的情形之後，才略微「開始」吐露出內在的某些秘密——就在這樣的問與答之間，「卻」（這才是一個使那運轉著「然而」的頭腦的人，眞正拐了一個彎——不只是換另一個角度——來重新體認現象在顚倒過來於水中或底片上時，一切才顯現其清晰的輪廓。而這詞的發音不也如此的暗示著——那近於山谷回音般的發聲！）亦隱藏著如此吊詭的「掌中鳥」式追逐之戲：正是在我們如此述說到「才」之時，我們將猛然發覺一切再度顚倒過來。但（別急啊！）——但是，就當我們開始要「立定」下來（這令人想起我們那種「定義」式的思考方式）探索這顚倒過來的戲劇時，眞正的生命戲劇消失了。

然而（啊！這確實像極一條「曲折的連續彎路」！），當我們能棄「放掉」這瞬間失去而不可得東西，我們在心中竟然隱隱的（像霧般）高蕩起來，可以很寬懷的看著這「經過」。是處於如此的心境/意境中，我們方能靈光閃現般地看出這兩句看似全然倒反的說法竟然是如此的貼近：

(A)重要的是過程，而不是結果；

(B)「只有目地，沒有道路；我們所謂的道路只是一種搖曳不定的東西。」

是在這樣的心境中，我們或者才能治癒這時代最困難的病——患得患失，在一次又一次的「過程」中。

（卡夫卡：《罪、痛苦、希望與真理的沉思》）

註：這裏所謂的「十篇文章」，是指不包括目錄裏(a)〈月夜寫作札記〉，(b)〈月夜寫作札記之後記〉，(c)〈編輯手記〉，(d)〈自序〉這四篇文章的其它十篇。

散步——在寫作中

0.

動意下筆寫此文是緣於所讀的一篇小說。

小說的標題就是「散步」，作者是智利作家 Jose Donoso。故事的敍述者是位小男孩，小男孩的母親早逝，兩個叔叔依舊未婚，姑媽是家中唯一的女性，姑媽也未婚。姑媽整整有條地照顧三個大男人一個小男人，從不曾出過絲毫的亂錯，即連鋪床單之事亦不假手女傭。某夜，外出，跟來一條破病的母狗，姑媽爲之治病、洗澡、餵養。而後，爲著狗的大小號，晚餐之後帶狗出門。初始，不過二三十分鐘，漸漸的，出門的時間愈來愈久，而後終有一天不再回來。

心中較以爲意的是，文章中只輕描淡寫的提及散步一詞兩回。自己反而是在這樣一種看似微渺或疏淡的聲音中，內心生發出一些似若追蹤般的想像動能。或許，在小說裏散步與溜狗很難分清，或者分清了，人世間就無有玄妙之事。想想確實如此，是就在這樣一種難以區辨的情懷中，有意無意間，心中時時想著自己與散步之間的關連。有時，我惴惴不安地疑惑自己是否也如文中的那位姑媽，生命中的某個轉捩點是給那種出乎一般社會思考習慣的「散步形態」，在某種微妙而難以言說的關係中，神秘而隱密的發生？

然而，最令人不安的是：由於閱讀使人產生如此朦朦朧朧的質問，如果下筆一切是否又將改觀？寫作或者才是一種「個人異常的散步習慣」？因此，或者閱讀只是「遇病狗」的階段，而寫作才眞正進入「出乎一般社會思考習慣」的「出門」階段？寫作或者並不在回答這些問題，而較近於人隨狗走時手上所牽的那條繩索——搖晃與擺盪不已。

1.

我追溯自己散步的歷史，發現其頭一次成爲我生命中一種有意識的活動似乎是在軍中。現在以一種很正襟的考古態度來翻掘過去的日子，竟發覺那在當時卻是一種與散步絕然相反的活動所促成的：巡邏。或許是由於兩者之間，在固有的觀念中無從關連一起的緣故，以致我懷疑自己是否遺漏了這段歷史發展中某種細微的變化。

事實上，帶有心裏負擔的巡邏當不致衍生散步的念頭，或者說這兩者是接近於敵人般的對立關係的。一者是必須對外界充滿警戒的狀態；另一者可對內外界具持以放鬆的情懷。彼此之間看似白日與黑夜，永不相會面。然而，問題很可能就是出在時間上。凌晨到清晨這段時間的巡邏是尤其折磨人的。眼皮、耳膜、鼻息與肺一直不聽大腦使喚的往下降，大腦自身也往下沉，大家一起沉到腳跟上。凌晨的巡邏者在營區四週繞走，步履似乩童凌亂，迷矇的眼球在黑暗中尋找更黑暗的眼球。直到堅硬的鞋底踩到不明的柔軟小物，心神猛然如炸藥般的爆開。我站在集合場的中央，一腳踢開小青蛙，仰觀黑夜裏不斷閃爍的小星，覺得時間像是自然界意志的表徵，它摧毀人們固有的想法。但，所幸也許並不必然這就是要摧毀人類，或者根本是要顛倒人們的想法。我忽然明白，我當把腳從腦袋裏解放出來，把它當作一個獨立的存在體，不是只會聽命於腦子的傀儡。

衞兵飄動魂不守舍的眼珠告誡我：「司令常常於半夜起身，在他的窗口拿出望眼鏡監看我們。」我將雙腿直挺地交錯舉起，在月明星稀中正步而行，在月昏星沉中大步前進，以爲這將徹底解決一切。或許是過於振作得用力，右鞋飛踢不知去向，我杵立不知何以爲是。手電筒放置在方才經過的衞兵室，但只顧著這樣突來的念頭，而失手忘卻。是啊！眼睛雖不明顯的回顧那窗口，但心中是仍念著的，我並沒將腳解放開來，皮鞋仍監看著腳趾。我觀察地上的青蛙，不，青蛙的後腿，那是全身移動的原動力。我將左鞋提在手上，感受腳掌與陸地間回擊的力道，一種柔軟而有節奏的感覺輕輕的在腳底浮沉。眼睛似乎不須很用力的張開，是也並沒張得像平日那般的開，但似乎可以清明地察覺週遭的變動。身體呈現一種不可言喻的鬆弛感，腦海中突然湧現一個奇怪的念頭，像是我猛回頭而它已在那許久：人類進化的目標或近似於植物的模樣，那般屹立不動的專注、空明與澄靜的神態。

星轉月移，這麼樣地往復來回三百六十五個日子，我方微微意會到悠然神往的美麗模樣。散步，成爲我在這不自由的地方對自由的一種祈禱方式。

退伍之後，並未很有意再要持續軍旅中的這個活動。有時想著這樣的關係，不免驚訝當時在軍中所以爲的溫柔的個人習慣，竟會伴隨命令、口令、敬禮、背鎗與挺直腰桿等僵硬的社會制度一起退伍。難道是退伍後剛開始的工作就在母校的緣故？不甚緊迫的工作、閒散的學子、熟悉的樹木與建築物，在在都不能激惹起神經的緊張。然而，也很可能是這樣的工作與工作環境，相較於校園外的社會等於就是一種散步吧！

在校園中來回多時，過往一些年少歲月裏的荒唐行徑，不期然從路上一一冒出。然而，稱一時之快的記憶默默變轉爲反省式的迷惑。而今的午睡已然可以舒適地坐在新建視聽館的沙發椅上。華格納或者馬勒還不致能動搖我中午慵懶的睡意。倒是景緻依舊的小湖泊，輕輕牽動起我午睡後的第一個思緒。記得以前在學期間，臨出校門的大四生，竟養出這樣的嗜好：於三四月的梅雨季中，每在吃午飯之時，總要找個視野寬闊的教室，教室以位居三或四樓爲最佳。當乍然的梅雨下墜在樓旁的湖上，水面的漣漪、迷濛的校景，狀似漣漪般散走的躲雨人羣，靜動之間，使人傷感起世界竟可以是如此的諧調與溫暖。間或適逢午後第一堂上課，噹噹的鐘響，令人倍感神來一筆之趣。如今於緩步悠遊之間，心領神會地覺得這仿若莫札特音樂裏那分幽幽的矛盾感。在那充滿無限和諧與溫潤的音調之下，莫札特的曲式隱隱地呼應其內心滿懷的矛盾。當初那般莫名的感懷，對於一個行將離校的學子其內心的不安，在近似的情境中尋獲到個人可以悠然閒適的平靜。將離開悠然生活四年的地方，轉而到一個絕然失去自由的地方，居高樓以觀人世奔走之景，或爲在看似矛盾的不安與平靜之間，得以重新貼近自然界變換無情的寬闊胸懷。如是，散步似非孤獨與高傲的存在，而是對剛硬或緊縮的腦神經一種寬放的平衡感。

我的第二個工作是在一個略微偏離市區的學術研究單位擔任助理。工作的環境允稱安靜而幽雅，從市區來訪的友人皆稱羨這樣的工作環境；甚或笑我愈來愈少「進城」。然而，自已是心知肚明的，這裏似若一個給城市遺忘的地方，或者是一個適於遺忘這個城市的地方。而，也許正是在城市與遺忘之間某種微妙的關係，滲露出對過去某種難以或忘的記憶。

來時已近暑假；午飯之後，即散步至辦公室（這裏的人稱爲研究室）窗口下的小公園。是很自然的就這麼走去，不知是公園裏難以言喩的小自然其神秘力量的吸引，亦或是一種平衡嚴肅的科學研究的心情使然，而發展出這背向式的舉動。剛開始，確實並無有什麼深思熟慮加以牽引的。這公園異於城裏的公園狀，主要是由一座小山丘所構成。山丘之上不乏大樹參天，森林般的陰鬱在蟬聲與小孩的輕呼聲中，變轉爲近似黃昏般的輕柔與淡然。我尋找一個偏離園中心的地方，朦朧地作起不切實際的夢；就這麼依靠在大樹幹旁的水泥椅板上睡著。間或也起身加入兒童捕蟬的行列，好去除過度囂張而擾人清夢的蟬鳴。

未幾，我遂決定從家中搬出，於鄰近賃室居住。炙熱的太陽亦隨之限制我的腳延宕於晚餐之後方得活動。起初，我只在單位裏的建築物之間，一條條爽淨的柏油路上悠散的走著，覺得心思逐漸的單純起來。間或駐足於單位近旁大水溝之橋畔，趴在欄杆上許久，學人拿住一條長長的繩子，垂下一塊麵包，餵食一隻掉落橋下的小狗，並看牠如何在沙石區上睡覺與遊走。隨著小狗給奮勇之人獲救上岸之後，我猛然發覺自己的腳逐漸陷於柏油路，愈來愈深。揮手，點頭，以至寒暄，甚或對方就於路中大談闊論起來。拔腿就跑的念頭一再反覆的出現，這條路已然處處佈滿不安的影子。在我退避到鄰近的田林之中去遊走時，心緒抑不住地時時穿越尖削的竹葉，觀看往日的我在地上的足跡。是經由散步之受阻，精神之受困，而我方漸漸開始思慮散步之爲何物。

2.

然而，人如果沒有散步將會如何？或者說（以一種「非散步式」的語調自問），人爲什麼要散步？

散步來到鄰近一所國中。學校於圍牆上加築一道鐵絲網，爲數不少的學生在假日中不斷勇於向這道鐵絲網挑戰。翻越這超乎一般標準的高度，或者反將加深他們對原本平淡而單調的假期的戲劇性心理。離牆三尺之距卽爲一看守所，高聳一片長長的水泥牆，也許隱隱地激怒著學生對扳著臉孔的教師的記憶，手足的攀爬或者在潛意識中是對著嚴肅而剛硬的「爲什麼」教育方式的反抗。我想起康德，這位西方近代的哲學宗師「爲什麼」如此的勤於散步？難道高妙的學識之中，眞正深奧難以掌握的靈光或竟得自散步之中？科學家或以其爲「不可控制」而不以爲然，但深得個中三昧的康德很可能答以「不必控制」。我仰望著那個監視犯人的塔臺，是那麼孤傲地標示著對某種危險的緊張意識，我懷疑諸如此類科學式的探索生命之理，恰恰是與其所追尋的客體的精神相背離？

西方文明所展現的各種學理與方法論，愈是精密與嚴謹者，很可能其本身愈隱藏著與象徵人類精神高度的「心領神會」相背離的陷阱；現代社會與生活之使現代人的精神空蕩與枯乾，或者就是掉入在這樣的陷阱裏。散步來到魚池之邊，面對那一大片的水，我徘徊許久，而沉思默想：康德對於人類精神文明的貢獻，或不只在那可以見諸手寫文稿的批判三論，「同時也」在那已然煙消雲散、不可得見的散步足跡。康德的高妙或在這有無之間，神秘地暗示著他是天地之間一位優良的平衡者：在控制與放手（不必控制）之間，如人（Homo sapiens）般平穩地直立起來；或者這才是人類進化成爲直立形態最神秘的象徵意義。如此，直立成爲宇宙對人類最獨特的暗示：當人類的控制之欲愈強，人的心靈反愈退化回爬行的狀態；人類愈是力圖控制一切，宇宙反將離人類愈遠。

近幾個月以來，多在一個陡峭的坡度上散步。五百餘層的階梯幾近筆直的通達半山之腰，友人在那賃屋而居，散步與訪友有時是這麼一氣呵成的。初始，腳與肺尚不能很協調地尋獲心臟在這不平之地穩健的節奏感。因而，攀爬階梯便不能有如履平地般可以隨意駐足。間斷的次數成爲心理上所最在意的事。因此在這種測量肉體的能耐中，大量的汗水斬斷了一切過往散步的美妙經驗。在猶豫是否當棄放這種散步的形態時，頹然地回身坐於階梯之上，這個簡單的動作將一切改觀。山腳的城市風光，在這略顯破敗的階梯上，從各種令人不快的記憶中開始發生蛻變。

不明緣於何故，浮凸於腦海中最多的竟是電影裏的超人。我猜想或許這就是超人凌空而飛的視野。風的嫌疑或許是最大的吧？漫天蓋地的樹林沒有風的穿梭，怎顯出它們飄搖的豐姿。下視方才走上來的層層階梯，不禁微笑起來，這樣的散步，臀部或者扮演著一個莫測高深的角色。在階梯之上，它或者是與心最接近的，「心曠神怡」很可能是要立基於此。想起學習游泳的第一個難關也在這個地方，那麼，想來超人凌空而飛的一刹那，恐怕也有這異曲同工之妙的問題存在。

天空留下一道長長的白煙，也許太長了，以致天空似給分劃成兩半。而，反倒由於這樣一種分裂開來的錯覺，使我再一次心領神會其所予人海闊天空的胸懷。救難，鋤強，舉千斤重，這些或都不是超人憾動現代人心靈深處的秘密。是他那凌空飛翔，將現代人的心擡舉到一個眞正可以海闊天空的烏托邦。我們是在那一望無際的藍天中遺忘著地上的一切阻礙與鬱悶。逍遙與自在，即使是科技最動人的地方，同樣是要歸向人類萬千年來所企盼的最美妙的精神狀態。

天色漸暗，人世轉趨繁華，燈火伸展無盡頭。看來是沒有什麼可以阻擋人類不斷前進的欲念。人們發現諸如「爲什麼」之類科學的思維方式，威力確然足以使人擺脫地心引力的牽制，而以爲在人的大腦中必然藏有揭示宇宙秘密的秘碼；大腦之外的就在宇宙之外。孰料到，如此一來，才方解除外在的地心引力，大腦卻反過來造就人內在的地心引力。然而，誰又料到，當太空船脫離地心引力之際，漆黑的太空牽引出人在母體中的羊水記憶；太空漫步使人記憶起生命體之起源於海洋的溫柔。海洋的陰柔步伐，幽幽然，逐漸平衡起陽剛的、陸地式的「爲什麼」。原本無關乎「爲什麼」的太空漫步，於科學所不可控制的學理之外，以不可言喻的步履，潛移默化，使心靈脫離「大腦的地心引力」——阻擋著人類前進的就是人類本身，阻擋大腦的也正是大腦本身。

似如太空漫步是於地心引力解除之後開始的，散步的精神就在使人鬆開一切陸上行走的「重力」。散步原來就是人的游水本能在陸地上的變化形態，而超人的飛翔是爲人類羊水潛意識的戲劇化表現方式。

如是平衡了陽剛的實證功能心態，心靈才得以擺脫「大腦的地心引力」，步進如太空般寧靜與空曠的狀態中。阿基米德在浴缸中發現浮體原理的眞正秘密，或乃在這如羊水中自在與忘卻的心靈狀態。基督教經典所述說的「丟棄自己才能獲得自己。」，其眞正的啓示或爲：最接近上帝（眞理）的途徑是散步而非太空梭（科學）。

在人類學的後面與旁邊

Part I

1. 特別的人類學與人類學的特別——「我所學的」人類學？

思緒的開始似乎必須從這時代，人人追求，但卻又只是觸碰到一個虛殼的「特別」來展開。當有人（事實上應說有「許多」人）說：「這是件很特別的事／這是個很特別的人」時，「特別」只是一個他個人認知程度上的形容詞「而已」。一個眞正發自其靈魂深處（因此也必然蘊釀許久）的「特別」議題，在外貌上不會甘於只是以此凡俗的形態站立出來，因爲一個「眞正」認識到宇宙中特別現象的人，是會反抗那他所直接面對的外在不特別的形式

——尤其這形式又與他所觸摸已久的內容相關連時。

因此，當一個人說（無論是誰；即便他已承載了這社會多高貴的榮銜！）：「人類學是一門很獨特的學科，因爲它所研究的對象就是人類本身，而這樣的研究對象是其他學科所前所未見的。」事實上，他所企及的「獨特」不過是這個學科在外貌上原本就具有「比較上的一個特質」，這樣一個特質，任一主體（研究者或人類學家）都可顯而易見地意識到。換句話說，我所以爲的「特別」，與這個時代的人所引以爲傲的「特別」，這兩者之間的差異，與下述在西方醫學與物理學上至今尚未獲得解決的問題，具有極爲相近的蘊涵：

(A)爲什麼兩個人一同曝露在結核菌飛舞的環境中，一人得了結核病而另一人卻安然無恙？

(B)爲什麼面對相同的光，有時是必需用「光波說」才能解釋某一光學現象，有時卻又必需以相反的「光粒子說」才能理解另一光學現象？

如此一來，問題的關鍵很可能是出在醫師身上，而不是病患；是在於科學家自己，而不只是不同的光學現象。因此，研究者也必然身列在被研究者的陣容之中。

任何一個人類學上的問題似乎必須包含三樣東西：人類學家，人類學觀點，被研究客體。然而這樣的說辭事實上也適用於其他學科，例如歷史學：歷史學家，歷史學觀點，被研究客體；生物學：生物學家，生物學觀點，被研究客體。如此一來，所謂包含三種要素的「問題」仍只是盤繞在表象上而已。如果有人說人類學與其他學科「分野」（這個用詞便相當於前面的「特別」）的地方，就是在它的被研究客體是「人」的話，那麼醫學立即給這樣的問題觀一個巴掌。但是，這個巴掌是有益身心的，因爲恰恰是在與醫學的被研究客體一個「小小的差別」上，人類學反省到自己一個獨到之處——醫學所探索的是「人」，而人類學所探索的則是「人類」。

換句話說，人類學眞能顯現自己的「特別」的第一個定點，並不是那模糊的「只有在這個學科中被研究客體正是人本身」，而是「對擁有不同文化的不同人羣展開比較研究」。——然而，我所懷疑的卻也正是在這個地方：這眞是構成「我所學的」人類學的第一個定點？

2. 精密的科學與科學的精密

現代西方科學以精密見稱，以精密自豪；但恰恰是在這地方，我認爲正是西方科學最大的敗筆之一！精密對「非有機物」尚可如此加封予人（當然是指「科學家」，而非全體人類），但對有機物（動植物昆蟲等，當然還有人類——而且「尤其」是指人類。「尤其」在此的重要性也許已超過人類學的範疇，而瀕臨符號學的城下——因爲，科學家是如何的把他們的科學「一視同仁」地既用於非有機物、有機物與人類的身上！），如此的精密恰恰是背離生命的本質——生命或許比較接近於「神秘」，而與科學家的「精密」較為疏離。……

Part II

Part Ⅲ

寒流來襲。就那麼在床上坐著、臥著、躺著；已然將近一天的黃昏。空氣在屋裏與肺原來的記憶，開始僵持於鼻孔與氣管之中；前進或後退皆呈顯出急躁與艱難顫動。或者考慮躍過門檻，筋骨才能擺脫回歸到原始動物的冬眠狀態。腦子必需將心臟搖醒，在內外之間來回穿梭，憑著感應的頻率，將以滾燙的汗水溶解中央地帶的冰塊，而在大自然冷冽無情的輪廓邊緣，悠悠盪盪地攀援。

將門打開；似乎是已等候多時，阿卡像人一樣直立，橫阻在面前。陰沉沉的天空，樹木既不枯萎也不動搖，連牠平日搖動不已的尾巴現在宛如樹幹般的定立在地面。我暗自竊喜，牠並沒有穿上鞋子。——也許這是牠的疏忽？那麼就是我的一線生機！或者這是牠所佈下的一個陷阱：牠所塑造的一個詭譎而空洞的玩笑，爲的是讓我心懷猶豫、不安與猜測，讓我在此耗盡心力——以爲這其中隱匿（造成某種象徵的幻覺）著什麼！就讓我精密的思考將我自己擊倒？或者這其中眞有什麼玄機？逐漸加速的心跳推了背一把，以致背竟將門給扣上。牠的眼神十分堅定，似乎早已將我鎖定在牠的陷阱之中。鑰匙現在是掛在門內的了。

反正你的妻子已快回來了。起初，我以爲那是我內在默默的祈禱之聲（我現在才很確定自己最近幾年經常在不經意的時候，有股非常輕柔的聲音幽幽地從心臟的旁邊響起。像一堵牆，突然從地面升起，阻擋我繼續往前走去的衝力；彩色的牆，並沒使我目眩，反而使人嘗受拐彎的樂趣。），但立刻便給否定掉了。現在我已很有經驗，在分辨自己內在的招呼與外在他人的呼喊。於是，我轉而尋找；或者我企圖去尋找「這樣的」尋找；有時是必須將超（乎過去）經驗（形式）的可能考量進來的。是那樣的不能再清楚的了，同時也是那樣的令人難以置信這樣的存在的可能，以致也是前所未有的迷濛。遲疑，似乎才是最確定的了。而同樣的聲音再次發生：就是站在你面前的我。那不是最近的嗎？但，這已然是成爲定局之後的結論，是無用而舒適的思考，是沒有身處其中，如迷宮式的不安。佔據著最有利的地理位置，在眞正的戰鬥都結束的時候，才嘲笑著戰鬥時一切最明白不過的愚昧。方才我曾想到是否爲具有瓶狀鼻子的海豚：牠的腦比人的大，而且有著更複雜的外層灰白質，並已演進出一種普遍的語言形態，在同類間無須借助任何媒介物。我這時無法不想著我的理性軌跡；但事實「似乎」（這太理性的迂腐！）不只踩住了這樣的尾巴，面對面的爭戰或者才是眞正揮斷那些尚未進化的內在尾巴。

阿卡早就以人的姿態面對著我。或許源自平日根深蒂固的經驗，以爲必然我們之間是以一人一狗的相對形態存在著。當牠直立行走與言語起來，我不能自已地在地上爬行，並拖著一條尾巴。牠的手上握著兩隻乒乓球拍，球桌早已擺放好了。現在逃脫已然不成，過去的秘密將成給來回擊打的小白球。我再度確定自己身體的僵硬很難贏回這場變奏的戰爭；畢竟，這幾年心臟旁邊的聲音仍只是以往那種步履的節奏的修正，而不是絕然的轉化。一切的思想仍是被強迫的，搖擺只是一種假想的安慰罷了！

輸了，就該走進那狗籠子裏去的；那才是能使我眞正去除尾巴的地方。

終於開打起來。但只能面對牠的背部、臀部，我見不到牠的表情與眼神的方向。球拍似乎與牠的尾巴（我是當改口「他」的……）也達成某種神秘的關係。一切的敵情無從猜測，沒有任何有規律的徵兆與軌跡可以歸納。那根每日對我搖尾乞憐的尾巴，如今將我弄得疲於奔命，我像狗一樣的喘息，像狗一樣行走，終於我失去作爲一個人應有的腦子、心臟、肺與腿。在籠子的鐵條線路中，眼睛看著妻子與阿卡一同走進屋裏，世界已成一成不變的方格網狀。

Part Ⅳ

1.

我這樣躺著，幾近是一整個下午的姿勢。似乎並不像給寒流冰凍起來的物體，否則體內是不會這般躍動著。或較近於一種祈禱的模樣；在異常冰冷的氣流中，將肉體順應自然的要求，把靈魂拉到一定的高度，不是爲了逃避自然對人的壓迫。這樣才好觀察自然的形貌，使自己站得穩健；卽使是在萬物動彈不得的情狀下。很難察覺自己是如何走入這樣的想像狀態的；也許正是蕭瑟（肅殺）的大地反轉過來促成這樣的契機？

（「某一特定時機」的）破壞成就了建設？

2.

我們幾近是無所置疑地接受西方學院那套探索眞理的模式——我的師長很可能沒有半個人會認同這句話，然而，我卻恰恰認爲愈是否定這句話的人愈是此道中人。愈認爲自己是愈來愈自覺於自己在「那茫然的初學時期」與如今功力的不可同日而語者，也許他們也是最易於疏於對「自己的歷史」（比較這部分的4.）作佛洛依德式的自省。

我們所背負與所自覺的佛洛依德觀的「童年經驗」，將不只是我們那悲慘的「人類學系童年」而已。國民黨漢化教育制度下的中國文化，以及臺灣的偏美式孤瘦西方文化；如此這般種種殘破的童年。我疑惑著我們不只大半輩子是個「人類學的不良少年」？想起運動學上所謂的基本動作，想起許多人口中的自許、自豪與其所爲之南轅北轍，也許再一個三十年後，臺灣的人類學所呈現出來的形貌，或還只能是一種近於人類學中所謂的半偶族（moie-ty）。

我之不認爲「站在他人的立場來思考對方」有任何人類學上獨到的特異功能，正如同我以爲emic/etic（文化主位研究／文化客位研究）的這對觀念的提出，仍只是一種近乎「理性／非理性」表象上的方便之計的分類。我強烈的懷疑這種模式下的「非理性」洞察，勢必是要跟在理性的尾椎之後「推論」出來的。然而，不只是如此，更符合理性認知標準的非理性概念或當若是：「在理性難以意識（疏於防備）下的混亂狀態」。

那麼，問題是出在那裏——什麼才是人類學最基本的動作？或者，這個問法本身就是個問題：什麼才是「我們的」人類學的基本動作？——這才是一個具有人類學基本動作之間。

3.

「站在他人的立場來思考對方」，似已成人類學系最最重要的獨門秘方。在那種既定的學位、職位與年齡的光芒／陰影下，師長口中再三誦揚的眞言，也許是較近似家法而難以令弟子加以深思（更多的是「減以敬仰」——減者，指正比於它身處如此崇高的高度所受更多的反思而言）。然而，在一般人最沒有武裝的日常閒談裏；在非正式與正式的討論會上；甚至就在其論文中，這句話一再地成為他們失敗的關鍵，像請君入甕般地走進自己佈下的陷阱。

理性的脆弱與虛假正在於其只是一種緊抓住歸納而成的結論，而，結論是沒有／缺乏心法的。

4.

蕭瑟的大地摧毀我（研究者）既有的一切，一步步將我無可後退地推向對方（被研究者）的位置，「再加上」對方竟然取代自己原有的地位，於是「如此」我才能確實「客」觀的「站在他人的『立場』來思考對方」。這樣過程委實是很難可以由理性邏輯，那種陽剛的推論模式而得的（這很可能是西方知識論上的限制？）。

也許眞的是較近似於祈禱的經驗。然而，即使是基督教的聖經也只能這麼「結論式」的述說他們的上帝的神妙經驗：「你必需先丟棄自己，而後才能獲得自己。」

「（在印度的加爾各達）人與人之間的關係墮落到這種地步，歐洲人的心靈一下子是無法理解的。我們把階級差異看做鬪爭與緊張，好像本來的或理想的情況是這些矛盾衝突得到解決，而不存在。但是，這裏的緊張一詞全無意義。沒有一種事情是緊張的，因為所有曾處於緊張狀態的東西很久以前就都掙斷了。從一開始，斷裂就存在，……。

即使我們想用緊張這個觀念來思考，所得的結論也一點都不更樂觀。用這種思考方式，我們便不得不承認，一切事情都處於如此緊張的狀態，不可能出現任何均衡。整個體系除非一舉而毀，情況已完全無法挽回。從一開始，我們就發現自己跟這些祈求者互不平衡。我們不得不拒斥這些祈求者，我們拒斥他們，並不因爲我們鄙視他們，而是他們用崇拜敗壞我們，他們想要我們變得更堂皇，更有力，因爲他們瘋狂的相信，只有把我們擡高百倍，他們的處境才能有些微改善。」（王志明譯，《憂鬱的熱帶》，p.173-174）

這樣的「思考」與這樣的「論述」——是出自當代最具重量級的所謂人類學大師之「手筆」（如是「口」的話，我們或當以較鬆懈的理性來對待之，那也許較公平些）！——事實上一點都沒觸及那個他所探索的異文化的內在世界（李大師不是以專攻人類「內在心靈」自許的嗎？）。他所說的其實是很像我們在上一段所引用的那句基督教經典之詞——皆是結論式的論詞。兩者唯一不同的是李氏的結論比較長（中譯本長達 589 頁——每一頁都在這種結論式的「心靈」之邊緣擺盪），然而——「結構」是相同的！對於李大師這樣的批評，是基於人類學的“etic”精神的「要求」而言的（對其他學科則較近於「苛求」——正是因爲人類學家以如此的「站在他人的立場來思考對方」自許的啊！）。當然，我們所要反思的並不放在《憂鬱的熱帶》（李氏說「人類學給我帶來智識上的滿足：作爲一種歷史，人類學把世界歷史和我自己的歷史這兩個極端連結起來，因此顯示了兩者之間共有的存在理由。」，p.63。在李氏這部他個人最主觀，以及最能述說其「自己的歷史」的書中，顯然我們所看到的「兩個極端」的極端程度，是極端令人失望的！），也不止於對當今西方人類學最高權威的質疑——這都不是究竟。而是——西方人類學的限制！

5.

馬凌諾斯基說：「我所作的研究其究竟爲何？是發現了其（Trobriand土著）最激昂的熱情之所在、其行徑的動機與目的。（……）其最根本與深沉的思考方式。此時此刻，我們也同樣面對著自己的問題：什麼才是我們自己最根本的東西？」（*A Diary in the Strict Sense of the Term*, p.119）面對一代人類學宗師如此的「反」思，「我們」不免隱隱地「發現」其中是否少了什麼？

因此，當我們回過頭來反省西方人類學的限制，其問題不僅止於「如此」而已：對於「臺灣的」人類學家（當然這裏所指的，並非是客觀上的空間意義，而是有著如是自覺的主體），被研究者並不只是原住民、西方文化、中國文化與「我」，進而，也不只是再追問

「國民黨的漢文化教育」，以及「孤瘦的臺灣區西方文化」（我們不禁疑惑臺灣的原住民這幾年來的「還我土地」、「正名」、「反核」社會運動中，究竟是他們挽救自己的文化多些？亦或是他們受西化的影響多些？）這些問題而已。——這其中是否還缺乏什麼「根本的東西」？

Part V

1.

「人類學家現在面臨了在講堂上和出版品中所嗟嘆的一種悲劇情形，甚至我自己也曾嘆息不已。就在我們的學術已經達到某一程度，我們已發展出方法和理論的當兒，我們的研究對象已經被滅絕……。」(B. Malinowski, *Methods of Study of Culture Contact in Africa*, p.xii)

在我離校多年之後，有一天，當我再度讀著馬凌諾斯基「如此的慨嘆」之時，內心的翻攪，波浪般地，一陣陣反抗著過去對人類學的記憶與對人類學未來幽幽的想像。

從大二邁進大三，那樣苦悶的知識追求之路，一度使我萌生退離這個「系」（vs.「學科」）。在書本上與李維史陀的碰面，將我再度拉回這個學系。事實上，並不全然是李維史陀，更不只是他的結構主義成爲在我那樣暗淡的心情下的一道光。在那胸中滾著一團火的時刻，我不曾去細想個人內在世界地圖推進的路線；張開的雙臂、變換的步伐成爲那時最輝煌的姿態。多年之後，當我時時在屋頂的水塔之邊觀看月亮從山凹處浮凸出來，或許是這樣的月色與那般似白日的光芒，以一種難以言喻的「太極路線」（我那時常想著大學時所學的太極拳法。以爲經由肉體絲綢般的運轉，可以宛轉我當時僵硬與混亂的靈魂），使我再度想起高中時我心中所敬仰的最偉大的詩集：《孫子兵法》。在黑暗而堅硬的水塔壁邊，心中像塔裏的水柔軟起來，沒有肯定，也無精細的思考：結構主義猶之於我與《孫子兵法》再次會面的銀河，我在這條河上擺盪多年，而今才眞正面對我心儀之人。諸般知識上的窘困，似明滅不已的星星，默默地使我在它們看似分離的太空中，描摹出屬於自己在地球上的北斗星象圖。

心中生發一種並不似過往那種爆發著強烈情緒的懷疑。而質疑馬氏這種「研究對象已經被滅絕」的觀點，在形而上的層面，是與李維史陀的結構主義神話學是相通的。李氏所作的是將那在荒野中，與大自然、超自然、野獸、野生植物爲伍的「野」人，以新創的文明法則（曰「結構主義」）將這些前人（西方哲學體系）的漏網之魚，「邏輯地」關進「西方式城市文明的動物園」中。一切原本爲「心」靈想像的事物，給化約成「腦」子的邏輯，神聖(sacred)的宗教下降成世俗(secular)的科學。李維史陀用其結構法則將神話中一切的蛻變還原爲理性之物，除此之外的都不存在；相同地，這樣的族羣在與舞弄如此邏輯的文化接觸之後，船堅砲利式的達爾文進化觀怎不滅絕著這些給化約成低落物質文化的族羣。

然而，卽使事實已成灰燼，對研究，是可以不盡其然的——不只是看「那一個研究者」(評論者對球場上的球員之一「失常論」爲個中最具代表性的誤解)，而且是看那個研究者「不可名狀」的內在狀態(「失常」與「超水準」的解釋所能指涉出的「只有」解釋者的無能，以及他對人與其他動物的區別的無知)。

2.

我站在天空之下，月光西沉，太陽上升；我自己分裂爲二。像雙胞胎一樣，我們有全然相同的外貌，但我們一年中難得相見一次。卽使面對面，我們多半以爲是看見鏡中的自己，不必仔細端詳，匆匆揮別。因此，我們往往最多只能瞭解現象的一半。我們對善與惡都只是一知半解；然而這樣的一知半解必然要在我們自以爲這就是全般掌握的心理狀態下，再次打上折扣。卽使諸聖諸賢一再在歷史中告誡人類要「謙虛」，然而凡是在這種告誡教育中成長的人類，皆一再重蹈歷史「不謙虛」的錯誤。而後人對謙虛的說辭與認知依然是「歷史不斷重演」。佛洛依德雖然察覺人類所疏忽的另一半，然而，他所犯的錯誤正是人類學那「站在對方立場來思索對方」的「謙虛」之詞。

印度的瑜珈術以「倒立」爲其瑜珈之王，中國的莊子念茲在茲於「道在屎中」。在漆黑的宇宙之夜中，我觀察自己的影子，我只有臥躺下來時才能與自己合而爲一。樹木顯現爲最漆黑而使人驚恐的模樣，並非是在一個停電、無月的時刻。我站在春末四點半的清晨之中，日光尚蒙著夜不忍褪去的昏暗，在我眼前不知所終而晦暗地倒退在竹林之後；竹葉在微微的風中曖昧的顫抖，尖銳、歪斜地刺向天空，輪廓陰沉地表達一片站立起來的憤慨黑域，在那穹蒼接觸的尖端，鮮紅的液體忍不住欲滴落下來。我這麼倔強的懷疑：人類失落的另一半或者是種倒反過來的遊戲。

3.

那個十分炎熱的夏午，來到三重尋人辦事。並不明白事情的內容，我是跟隨著命令來的。坐在靠門旁的椅子上，兩手抓緊報紙以抵禦電扇僵硬的風，而中間的部分仍然不時給吹得浮凸，眼睛並不太在乎細小的文字。餘光中，科長與副科長在長長的桌前與人對談，中藥的味道在熱氣流中顯得有點莽撞。處在室外反射進騎樓的強光與室內有點陰暗的地帶，唯一在意的只有報上電影版裏的一部片子。戲院離這裏似乎不遠。

身籠裂燄之中。水以輕紗般的形態與車接連一起，他二人不斷言語，不斷參與不必躬親的路邊洗車服務之意見。如是般週圍的一切情狀，益發加劇白光的黑暗情緒。忍耐與服從在混亂的汗水中無從辨識與記憶；「我想先離開？」不假修飾的詢問卻獲得一個出乎常理而不假思索的回應。炎夏，水柱與文明的機器，莫名地解除倔強的人際關係。放牛吃草的結果，使我走進那家戲院，影片呈顯的亦是個炎熱的下午。空蕩的大戲院，益顯冷氣之使人慵懶得睡倒在椅上。隨手買來的沙士與不到十人的觀衆皆幾乎沒有晃動。醒來時，「冬冬的假期」已然消失。很自然而閒散地走出大門，門外的黃昏市場已積聚不少人潮。心中悠悠地想著中藥舖深遠的氣味，一半的豔陽，一半的暗；肉眼不須科學式的寸步不離，無礙而了然，胸中磊落且清明地生發出一種對人透明的直覺。夾雜在兩種光亮的黑暗地帶，並不晦澀地從舞臺上的戲劇轉入臺下更強烈的戲劇（夢）；那在平日顯得過於強烈而反使得人們不以爲意的夢，因於同類的牽引，與自然的不仁，「反而」使人精神煥發起來。

4.

閉目反而才能眞正看清事物的核心，慵懶而無所記掛的睡著才能眞正的醒覺。就像「道在屎中」並非是說道就在屎中，而是倒反過來的：卽使是如屎這般微不足道的事物，也可能深藏著神妙的道。因此，或許人類學正是要偏偏朝向那些瀕臨消逝的文化走去，而非老是以靜態的保護「原來的」文化（這個字眼對科學家不正是最大的諷刺嗎！科學至今對人類的起源之所知不是還很原始嗎！）「自」許。眞正關鍵的很可能也不在方法論上的變革，也不在「努力不輟」的理性反思，而是類似這種心態上大逆轉的內在神秘過程。記得西班牙導演布紐爾批評天主敎對性壓抑的嚴厲規範時說：「如果說一點點的色慾，稍微的不潔思想，都必須一概加以清除淨化，我們怎能傳宗接代，爲上帝生產更多的僕役來爲祂服務呢？」（劉森堯譯，《布紐爾自傳》，p.21）很可能人類歷史的大事就出在這些「一點點」、「稍微」上頭，因爲那是最「不可道」，同時也是最「難名」的！

我所以爲的人類學的「心法」，馬凌諾斯基的「少了什麼」，李維史陀與西方人類學的限制，或許是近於這種倒反過來的微妙心靈神秘過程（寫到這裏我忽然想起 Jung 與牛頓在他們的晚年皆浸身於偏向神秘主義的鍊金術）——而這絕非與人們所說的「換另一個角度／觀點」同義的！恰恰相反的是（我不以爲這樣的相反是可以單純地由邏輯辯證上的思考推論出來的），達爾文的進化論所展現的並不是地球上人類進化的「動態變化」觀，它像那座將孫猴子鎮壓住的五指山背後所象徵的「永恒不變的天庭／佛法」。而受此天庭馴服的孫猴子，翻爬出來後賜名孫悟空，並賦予重任保護三藏往西方取經——倒反過來的是，我們這羣非源出西方文化的文化，自此不只是往西方的路上取經，而且，自己的文化成爲保護西方文化的「原始猴子」。我所以爲的人類學（心靈人類學）也許是必須「先」讓被研究的原住民（或土著）「直立」起來，而後眞正完整的人類學才具有可能（這不禁令人想起 Italo Calvino 的「分成兩半的子爵」）。

Part VI

1.

夜色清涼如水，我覺得自己似乎（那種可以在迷霧般的森林中，心呈不憂不喜的狀態）可以無礙地穿過李維史陀那西式知識論辯的繁瑣路徑：「盧梭相信，如果人類能夠『在原始社會狀態的懶惰與我們自尊自大所導致的無法抑制的忙忙碌碌之間維持一個快樂的調和』狀態，會對人類的幸福更爲有利，他相信這種情況對人類最好，而人類之所以離開那種狀態，乃是由於『某些不愉快的意外機會』，這機會當然就是機械化，機械化是雙重的意外現象，因爲它是特殊唯一的，同時又是晚近才出現的。毫無疑問，盧梭這個想法是正確的。」（王志明譯，《憂鬱的熱帶》，p.552）是可以不必再在乎李維史陀的盧梭了啊！

在城市中漫步著。常常在面對著擁擠的人羣——那裏必然也是城市中最繁華，以及現代科技的集中地——覺得自己當時在吐納之間得以自在來回的是八大山人的畫韻，費里尼電影那澎湃交錯的混亂與次序，《孫子兵法》的神氣，蝙蝠俠裏的小丑（不是蝙蝠俠）穿透社會的狂野氣魄，以及卡夫卡的 Arthur, Jeremiah（*The Castle*）。並不以爲自己是依憑他們來「對抗」、「反叛」、「抗拒」科技社會的種種（我想這些若不是旁觀者的「歸納結論之見」，便是當事者的自以爲是的「修辭學」）。像是調整行進的速度與節奏；一條難以言喻的絲綢，柔軟的轉彎，像蛇般自然的纏繞原本纏繞著我的環境，並可以無礙地自我調笑起來。因此能無庸對規律與法則產生憤怒，而可以與之擦身滑過。

2.

科學與魔術（magic）也許並不如馬氏所說的具有那麼絕然的進化論階段差距（《巫術、科學與宗教》）。今之魔術師「往上」求助於科技，那爲何今之科學家不能「往下」在魔術中尋找靈感！當然只從這樣的論述（簡易的推論方式）來看這不過是膚淺之見。然而，如果我們能看穿前者之所爲乃另一種順著時代潮流走的作法，而不是在形而上的層面力求突穿。如此一來，限制便顯而易見。若果有科學家（Jung? Newton?）自覺地試圖在這兩者之間，尋找某種通往人性秘密的內在關係。那麼，表象上的往上與往下的視覺關係將全然顚倒過來。成爲關鍵的秘密自非在字眼上戲劇性的顚倒（想起吸引著人們的諸般世俗的樂趣，不也具有類似的結構變化關係。而魔術就是直指這種變化關係的活動。），而是這樣的顚倒底下所蘊涵的主體性的哲學層次，以及同時蘊藏著的發展潛力。這是不是很可能限制著西方人類學發展的一個「看」似非理性的實驗路徑？而且，是不是同時也很可能是西方「主流派」知識論中最具關鍵的限制之一？魔術與人類學……神話與人類學……這是個過於樂觀的想法（推理）吧：也許李維史陀將人類學逼迫到（或曰「推高到」）這樣一個理性科學的死胡同中時，人「反而」才被迫重新思索，人類在遠古時候與動物的原始本能互爲親屬關係（這在初民的原始神話最爲明顯——也許太過明顯與普遍，而招惹起李維史陀的理性大刀）時，巫術與宗教的「超科學經驗與力量」？

如此這般的想法，也是在一個類似那樣清涼如水的夜色之心理狀態下，給全然的否定掉：這充其量亦不過是理性邏輯推理的結果，如此是不太可能進入魔術與宗教的心境的（想起 Donald Richie 的《小津安二郎的電影美學》與小津電影的精神之差距，那是兩個絕然不同的世界！——然而，許許多多的人類學之作不也如此與其研究對象的精神，「自」以爲是地持有距離的「美」感。在許許多多那樣的凌晨時分，站立在層層命令所包圍的營區中央，我懷疑：爲什麼是在這個人生的階段——人類學中所謂的「成年禮」對西方學術論文的文體產生最大的懷疑？）

3.

每每當我自覺自己已然站在那圈子（臺灣人類學學術「圈」）之外多年時，想著心中對人類學諸般奇妙的想像時，「離開」後的心靈狀態或許才眞正將哲學與想像拉近些（這是我在學期間所魂牽夢想而以爲在自己的身上不太可能發生的——當我每次將手置於自己心臟的上面都是如此的失望）。當代魔術師大衞談到他將自由女神變不見的靈感，是來自於他的母親有一天對他很感傷的述說一件很簡單的事：眞的在離開義大利之後（他從義大利移民到美國），我才發覺到自己家鄉許多美好的事情。大衞將這不能再簡單的（同時也是不能再陳腔濫調的）感傷，「轉化」（用學術圈的話簡略地、概念地「帶過」）爲對美國的思索（當最能顯現這個國家特質的「自由」消失時，人們是否才會去珍惜它？）與個人的表現方式。現在的問題已然不只是：臺灣的人類學究竟能（具有幾層的功力）探索到「什麼才是我們最根本的東西？」（馬凌諾斯基之問）到達什麼程度，而是有沒有可能「建立我們自己『轉化的心法』」？

Part O

當然我還不至於以爲今日我所說的是種對臺灣人類學的「野人獻曝」之見，我的人類學經驗並沒能使我何曝之有，而自己也並沒勇於要以「野」人自居。是愉悅地，在這個季節變換的日子裏，能以一種接近於個人所以爲的「人」類學「精神」的敍述方式，述說自己在年輕魯莽的歲月中所曾對這學科一些粗糙而幽幽的想像。

Part VII

端午節，暴雨不止，庭院的池塘一陣陣的蛙鳴賽似雷鳴。我以青蛙跳入水中的姿勢跳進地板下的泥土裏，我以蛙式游過泥土來到池塘裏，我仰頭向正趴在雌蛙上的雄蛙說「安靜點！」雄蛙向我點點頭。我轉頭游回客廳，在浴室擦完一身是泥的身體，打開門時一個人赫然站在我的面前，我看不出他是男是女。我要出門他卻要進門，我問他是誰？打那裏來？他歪斜著頭問我：「你剛才怎麼知道自己是可以如此躍進池中的？」

我無言以對，心中卻想起史書傳言李廣騎馬射兎，旁人竟然看見一枝箭力透巨石而過，請其再試多回，皆已然不能。

Part VIII

中卷

中卷

飛機的童年

1.

那樣一個晴朗的早晨，陽光在人們起床前早已炙熱地籠罩這個城市。一個過度早熟的上午。或許，大自然仍力圖保持億萬年來對於不安定的均衡，僅僅到中午，趁著人們正忙於用餐與休息之際，剎那間雨勢滂沱。雨，一下子，變轉爲難以辨識的形狀，水淹蓋掉每一片玻璃窗，並立即爭先恐後滾落下來。整座城市癱瘓著；人，困於室內。

窗外的天空，那樣子的，已然很久沒有見到，心，止不住微微地顫抖。由於看不到窗外的天空，反而更教人想著。所想起的是那麼天眞的十八年前的天空，以及與天空分不開的——飛機。眼球同時就在兩片窗玻璃之間移動起來。在雨勢稍小之時，眼神卻讓窗外那爲雨水不斷打落，飄蕩下來的木棉花所吸引住。無聲地斜躺於紅色的人行道上，水無情地從花瓣的凹陷處流入馬路。玻璃阻擋著被水花濺到的行人的驚叫聲，反而這樣愈是喚醒著過去的情景，像就近在窗子外一般——無聲的吶喊起來。奇怪的，這無聲的叫喊使得現在可以冷冷看著昨日在姐姐喪禮中淚水盈眶的自己，如同看著窗子上不斷垂落的雨水。在感到喉頭清暢起來時，將原本略微傾斜的脖子打直，看著正面的那個人。

探望眼前的他，眼睛小巧而顯現憂鬱的神情，一張十分乾淨的臉與他父親是十分相像的——喔！不，不是相似的像，而是一種「顚倒過來的像」。他父親臉上最平庸的是那個毫不起眼的小鼻子，相對於其他「四官」的出色（鳳眉大眼，瓜子臉，大耳，寬而薄的唇），那有點像是要與他們開玩笑似的——一種爲了在英雄式的氣魄的連貫中，造成斷裂的關係，所引起人因懷疑而興起自己對自己的爭執。但他的鼻子之堅挺幾近如西洋石膏像，其他地方則靜默得比東方更東方。我忽然心中有種奇怪的念頭，好像眼前這十八男兒或者是個加倍歲數的男子（當年我認識其父時，其父亦是十八歲）。好像是要印證我心中這點莫名的感懷，而問起他的童年。他用一種吟唱的方式述說起來，而我竟一點都不覺驚訝——我所驚訝的是，對自己的不驚訝感到驚訝。

2.

小時候，我們家每個月就有兩塊大圓盤狀的豬血糕可吃。
那糕的新鮮度不容懷疑，是當場用家裏的盤子接住的。
新鮮的血由頭的四周汩汩滴垂下來，
似雨線從傘的邊緣一路墜落下地。
盤中早已備妥的糯米如嗷嗷待哺的雛鳥，
貪婪地吃盡每一滴血；
遺漏的，
便在米縫中遊走，編織成一張帽狀的餅。
理髮剪
並不能很順利地從頭髮中一路推斬過去，
執剪子的手

感覺到那一根根豬毛是尖刺而狡猾，
憤怒與狂暴
合作將卡在剪子的毛髮連根拔起，
如追殺仇家之子般地趕盡滅絕。
於是，血無所逃避地由毛孔下紛紛
攀爬出來，流竄四處，墜落懸崖。
理髮師按著我的頭，如屠夫將豬按倒在地——。

3.

窗外逐漸出現車子在街道上行駛——現在對於「卡」在窗玻璃之間，那根窗框的木條的車子（彷如烤肉時，一支竹籤插入一塊肉），有份特別的專注之情。

窗內也開始要濺起水花吧；他，是有預謀的吧……？

覺得頭頂有一道縫背離我的意志正逐漸裂開。桌下的手不知不覺相互扭緊起來，內心憂慮已成過去和將要發生的事，過去恐怕將難以避開現在的。戒慎地等著他，帶幾分迷亂的，像現在這餐廳的玻璃窗；但正因爲很模糊，使我更覺不安。不安，翻攪記憶中矛盾情景，而開始對童年所見聞的，浮盪在半空——這麼思量著，心驚訝起來，對那個飛行器，或者，不是飛行器？

剛躺在他的身邊時，覺得輕飄飄的，有點像溜冰，風從耳邊不停的穿梭；他輕微的打鼾聲似口哨般在我耳際飄送。我靜靜地聽了許久，有時竟以爲是山谷輕微的回音，那回音很幽渺的召喚著我。是很想問他坐飛機的感覺是怎樣的，這樣的問題在心中已藏匿著很長一段時間。每回他來我家，我總想問他那是像落葉，像飛鳥，還是就像他拿給我看的中國武俠小說，裏面的劍客那種隨心所欲的縱跳？但每次我都將問題壓抑下來。不知爲什麼，每次我看著他那白皙的國字臉，我總是無法很自然的向他訴說我心中的話語。但我確實是很喜歡他的；他臉上憂鬱的表情尤其吸引著我，那種憂暗的色彩能使我在白日裏，獨自一人坐在山後溪邊的大榕樹下想著一大堆事情，事情像樹旁的溪水川流不停，那時我心中便又再度浮起同樣的問題：「坐飛機的感覺是怎樣的？」溜冰、幻想、流水、飛機聯手把我的精神弄得像蝴蝶般舞動，不知所終。

吃晚飯之前，姐姐將我叫到房裏，叮嚀我明日他即將出征，並再三警告我不得在睡覺時跟他說話。我忽然有點想哭，覺得自己是委曲的，過去所有美麗事物的輪廓消失了。發覺這時自己有點暈眩，像溜冰時旋轉太快而一下子分不清方向。我竟然希望他墜機；也許落葉才是近似墜機的。我會比較喜歡落葉尤勝於飛鳥，因爲落葉是可以用手觸摸、用嘴吹誦如鳥叫聲的。

這時我聽著身旁的人的呼吸聲，就像我們夜晚出去抓魚時那樣的傾聽，聽到最大的聲音卻是來自自己身體裏的心跳聲。我將左手伸到褲子的口袋，摸著白日在大榕樹下所寫給他的字條，那些我許久以來的問題。文字才是我眞正內在的聲音吧？雖然我懂的字並不多。聽到心跳聲忽然加大，便急忙將手縮回，用右眼的餘光偸偸的看著他，看他是否給我的心跳聲吵醒。姐姐說他是很容易被吵醒的，卻很不容易入睡的人。我不太看得清楚他是否沉睡著，因爲好像從躺下到現在他都一直是這樣的，好像我們在學校上課坐的端端正正，我一直覺得他的睡姿也是端端正正的，這樣他不會覺得難過嗎？我在學校上課總是覺得難過的，如果我睡覺也像這樣那我根本睡不著。

就讓我這樣臥在他的身邊到天亮，心裏倒很高興。清晨醒來時，他已然不在身旁。惶恐地，我在家的前後找他，用跑的，讓強烈的對頭風，迎面吹來，心中一直想著姐姐昨日說的「他要吃過中飯才走」，似乎這句話比一切都眞實。然而，在家中的任一個角落，這句話皆迎面將我擊倒，像倒在幽暗的地方，我不知如何是好。心中這時只剩下一塊冰，耳朵已不再有風經過。我忽然想起那棵大榕樹，讓我去把口袋中的紙條埋在那裏吧。這麼重要的一次會面，深藏在心中許久的話，要等到下次了？聽姐說，這回他是眞要去打仗的，……。嗯，……果眞等得到下一次，那一切將更令人覺得圓滿的吧。如此想著，竟高興得揉著雙手。

一路沿著溪邊走過來，人影逐漸清楚起來，聲音也逐漸碎裂開來。

遠遠的觀望著我的大榕樹，一個人趴在草地上，另一個人彎下腰。

疲倦已然消逝，但我將身體靠在鄰近的枯樹幹，頭像石塊般不動，就這樣觀看野風吹來時，那榕樹的樹葉像瘋了般不斷落下。天空這時找不到一隻飛鳥，雲停滯不動，想是它們很早之前便已散裂開了。

這是我最後一次看到他；昨天，是最後一次看到她。姐夫，姐姐。

4.

是在回想嗎？他很準確的說出我現在的心思，使我覺得他就像是他方才所說的「懸崖」，我墜落到童年中，但不知崖下是什麼。突然間，莫名地摸起自己的頭，把雙手護著太陽穴，並沒敢看著他。如果他的臉上沒有那雙小巧的眼睛，我的脖子會很柔軟的向上仰起——他的眼睛一如天空中翺翔的飛機，常常是跨越臉部的範圍，越過他人的視線，將一切抛得遠遠的。現在可以將手放下來了，突然感到一陣羞愧，我看著掌上的掌紋。回憶飄動起來，沒有懷疑，也沒有確定什麼，覺得空氣中有種稀薄的味道，這怪味似乎在稀釋著姐姐近日逝去的事實、姐夫十八年前撞毀於太平洋上美軍艦隊的歷史——甚至，他們現在是在某個角落「一起」（我被這個字眼吸引著，但不知如何言語）生活著。這麼想著，童年像一座跳躍過我現在年紀的牆，現在横擋在我面前；但那擋住似乎要引我去翻越的誘惑……。

眼前的他將充滿濕氣的窗子畫著一道又一道彎曲的線條，原本一片朦朧的街景，以小紙片的模樣交叉地明亮起來。現在，這裏人潮已逐漸散去，餐廳裏的東西也漸漸甦醒過來。我注視桌上小花瓶裏的康乃馨，過去也許並沒有全然隨著埋進塵土，現在也許才是最令人難以捉摸的吧。接下來的事實不可思議地證明這一點。

他突然告訴我這幾年他時常作著超人的夢。有一次，當他在空中飛翔時，不知是由於才剛作超人，技巧不太純熟，亦或信心還不很足夠，竟從空中跌下來。有一次，卻是在這城市之中找不到一個沒有人的地方。他忽然閉口看著我，我搖著頭，並不表現出驚訝的樣子。他似乎並不以爲意，立卽接口說：「找地方換上超人裝啊！」我確實在他開懷的嘴角發現到那毫不掩飾的人類單純的表情。

他說我來的前一天，他再度作著類似的夢：

5.

是接近於黃昏的時候，
我在青山翠谷之間翺翔。
也許是對自己這樣的夢太熟識的緣故吧，
分不清是意識潛進夢中跟自己對話起來，
還是我在夢中的自言自語。
當時心中一直是這麼困惑著：
「這眞的是飛翔嗎？」
就這麼反反覆覆、
模模糊糊地想著時，
我的身體像彈跳迅速的球，
極快速的昇起與下降，尤其是下降時的失重感，令我覺得心悸。

常常是覺得自己飛的並不好。
在高速行進中，自己一再的撞上電線。
由於一再的發生，我只好降落下地。

但是，
我已然不能像人一樣的行走；
我像烏龜般緩緩地爬行，連心跳也變得難以理解的緩慢。
我對現在張得大大的眼睛感到滿意。
天色已然暗了下來，
但是我不用眼睛卻很容易將預備來襲的蚊子擊斃。

6.

我的同類是這星球上飛得最快速、飛得最高與最遠的生物，甚至還想飛出這個星球。然而我必需以著近乎化石般的速度、懶猴般的行徑在這片陸地上爬行，世界便如翻過身的家犬，無所防備的攤開在我眼前。

他很憤怒的打著狗，但由於他又很急於脫離這情境，因此，事實上，他對自己的憤怒尤勝於對狗的——既渴求安靜又渴求變化，但始終兩者皆空，只剩開始也是最後的急促。或者，他並非一個眞正喜愛孤獨或能於孤獨中沉醉的人，只是，孤獨是一種最便捷的脫離任何社會情境的途徑。有時他甚至企圖要脫離這種脫離的心態，但那也不過是急促的脫離心情。因此，他從沒成功過——卽使僥倖成功，他也會急於脫離成功。

他說完立卽拿出兩張字條來，淡淡地看著我，輕輕地說，這是我父親出征前一天所寫的手稿。他明明知道我不會相信這是他父親寫的，但他卻故意這麼說，我明白自己是從現在才眞正進入一個困惑的時期。我將睫毛不斷的打在眼瞼上，像是用手去敲問大腦。我懷疑「正視」這個問題將落入陷阱中，視覺將造成這場騙局的成功，像是注視著這樣問題的人，將會是個落在隊伍後面的人。那麼我就把自己弄到一個在視覺上看似落後的地方去，因此，一切的懷疑再度指回向自己的——童年；像是我的童年欺騙了我，或，我用「童年」欺騙著自己？

7.

我已然分不清十八年來咯血的病，究竟是因他而起，還是因他而減輕病勢。記得以前是不曾如此狂奔的；父親從不曾讓我們踏進他們的營區，卽使是一個可以讓家屬進入營區的探親日。他說一早將來帶我。我起得很早，由於太早了，家人都還沒起床，於是我走到溪邊，看著剛甦醒的鳥，便盡情的追逐，相信牠們是可以抓握到的。回到家裏，在洗臉檯，我咯出一口血，一朵櫻花般的形狀。姐含淚咬著嘴唇，我卻仍很高興的讓他帶我去軍醫家。看來正當壯年的男子，在我們進門時，像狗般趴在地上，但他的爬行十分緩慢，範圍更是小得令人懷疑他是否幌動過。軍醫說是由於奔跑太快的緣故，超過肺的能耐。他斜著頭問「什麼是肺的能耐？」軍醫說，人類目前對肺的瞭解是「人的肺有一半沒發生作用」，因此，肺的能耐目前還遠超過腦的能耐。他說，這不只沒有藥，也沒有病名，但有方法治。我照他所說的動作像他剛才在地上那樣的爬行，直到他認爲滿意了，才叫我們回家。他告訴我說這其中還有一個秘訣，沒遵守這秘訣，一切將罔然：「爬行的時候，要把自己想成是一隻烏龜。」回家的路上，他與姐姐幾乎無話，只我覺得有種說不出的溫暖的感覺，像是與什麼很貼近的感覺。夜裏，聽到姐與父親的談話，才知曉那醫官兩年前是全日本最好的飛行員。

8.

他目不轉睛的凝視我，我猛然間竟分不出那是他還是他的父親。似乎，要擺脫過去的煩惱，已不可能。昨日，我不就打破十八年來的禁忌，從東京飛來臺北。空中雖然十分平穩，內心卻搖幌不定。他問我是否還住東京，我微弱無力地點一下頭，心想自己快給這城市現在的模樣同化了。明白他將不放鬆的，接下來的，會無力招架。

看過《東京物語》吧，舅舅？他伸直背，微向前傾，看著我點過頭，立即恢復原來的姿勢，並將椅子往後拉開，頭稍稍地環顧四周，說好幾天前就常念著「舅舅要從東京來看我」。他停了一下，像在等待什麼，眼睛別過我的面前，遠遠的望著，寧靜地，獨白一步步伸展開來，蠶食般的，要緩緩吞噬現實。

走進一個熟悉的地方，一個熟悉的人的靈堂幾乎占據著整個大門口。我望著靈堂上的照片，沒有悲傷，好像我心中早已認定在多年以前他已然逝去。伯父由靈堂之後走出，我內心驚喜莫名，我立即問家中可還有堂哥拍的片子？伯父說沒剩多少了，有的，只是幾卷錄影帶，在抽屜裏。

我跪在東京與沙發之間的地板上，學著那對來到東京的老夫妻的坐姿。來到東京的人正喝著酒，沙發後亦傳來陣陣酒香。我轉身回首，小津安二郎身著米黃色和式袍子，靜靜地站在沙發後面。我對他說你不是死了嗎？小津說，是啊！將近半年了。這半年都在作些什麼？還拍電影嗎？我匆忙的在人們的夢中來回穿梭，常常由於太匆忙了，或者有太多人的夢同時召喚著我，因此，我將自己切割成好幾部分以應急。「我已死去」，這根本是個錯誤的念頭，我像細菌般不斷進行無性生殖，很多的「我」，我根本不認得。雖然，他們的外貌也長得與我一模一樣。這情形，是與你所看到的，人人外貌不同，內心卻幾乎完全一樣，倒反過來的；這好像水中倒影，只分不淸誰是本體誰是影子。但是，你果眞是我堂哥嗎？爲什麼我以前從不曉得？那是因爲你從未試圖在這房子裏找我，我一直是住在這裏的。過去，我曾想爲你寫個劇本，拍成電影，然而，你始終東奔西跑，以致無以並坐對談；最近，我夢中常出現你，以致醒來時每每失落在回憶的遺憾之中。今天，由於我的死去，終於得以實現這個夢想。看！他們是多麼安靜的在觀賞這部影片。我順著小津手指的方向望去，發現笠智衆、東山千容子、原節子、三宅邦子、衫村春子等人，肅敬的跪坐在電視裏的榻榻米上看著我們。

在通往樓頂的窗口呼喚岳父，岳母坐在這二樓另一邊的窗口旁縫補襪子。午後三點的屋裏，陽光帶著略顯寬大的影子，在榻榻米上輕輕的搖擺著；窗外佈滿晚春的光輝，豔陽早已緊裹住臺北；窗口的枝葉不顧人們壯麗的歌聲，兀自滋長。老人家是客氣而沒點燈的吧，還是仍生活在那樣節約的寧靜歲月裏。我面對岳父，將雙手分開，輕輕的在背後形成一個對角線，作出似拔劍般的姿勢。岳父點頭，帶著毛巾，安然地一同下樓。樓梯的兩旁已站立兩排人，衆人之間並無言語，在我們通過行列後，歌聲才又響起。

路上的行人早已走開不見人影，屋宇在我們身後，迅速沉入土裏。來到澡堂門口，守衞阻擋住我們的去路：「你們的女人呢？沒有女人是不准進入的。」我們叉開雙腳，靜待她們的到來。岳父用手指著門內某個浴池的方向，持著櫻花的女人點點頭，在門口等候著。室內水蒸氣不斷湧出，是煙？還是雲？已難以分辨，也不需分辨；方向才是唯一的掛念。沒有減緩速度，我們像箭一樣的射進水中。水柱濺起將屋頂撞得粉碎，穿著黑色喪服的女人，對著土黃色的木屐，撒出櫻花。

9.

好一陣子，周圍的人沒有發出絲毫聲響。像是剛從一個深邃的山洞走出來。覺得體內的溫度逐漸升高，許多年，不曾如此了，自從我開始懷疑飛機是人類唯一觸摸到白雲的方式後。在眼前，似乎有一道光放射下來，不知它來自何方，也無法知曉如何作方得以接近它；過去似乎就這麼碎裂開來，又覺得無比的密實。我試著把軍醫、片裏住在東京的大兒子、眼前這小我十歲的男孩，連成一條線。線，以驚人的速度在我體內，彎彎曲曲的穿梭著。我很直接的問他，你是如何辦到的？——但話尚未出口，一片烏雲漫天蓋地的壓住我的胸口與眼睛。但我立卽爲一片白亮而吵雜的聲音所激怒，由於這激怒，自己碎裂成無數的小紙片，反而能輕飄於空氣之中：

10.

住在一棟很大的房子裏。
庭院是一片很遼闊的草坪，草坪比客廳的落地窗高出許多；
有一道小階梯可以從草坪通往落地窗。
寬大的落地窗與巨大的白牆連成一片，
宛如豎立起來的那片草坪。
我在庭院遊走，
從階梯往透明的落地窗看去，
客廳中的一切顯得特別明亮與安靜，
覺得，像是，才，剛，搬進一棟剛建好的，房子。
朋友這時來訪，便急迫地帶領他們去看這個新的發現。
然而，這時落地窗外已然給一羣小孩佔據。
他們肆無忌憚的玩鬧、抽煙。

我憤怒地驅趕著他們，屋內這時竟也傳出小孩譁然的聲音。
便急忙跑進屋子，屋裏宛如兒童遊樂場般給另一羣小孩踐踏。
一切似乎是早有預謀的了。
在我不注意的時候，意圖霸佔這一切！
必需立即採取反抗的行動——抓起電話想叫警察來時，
卻
突然想起
身分證上的戶籍已然不再是在這個地方。
但租屋契約是可以證明我確實是這棟房子的主人。
然而我卻找不到
那給妻子收藏
起來的契約書。
我向帶領小孩來此的大人抗議、怒罵！
然而令我驚訝的是，
他們竟然一個接一個

侃侃而談，
述說自己是該當來此的理由。而
這些理由，
在他們認爲，
是比這棟房子究竟歸屬何人
還要値得任何人重視。

II.

睜開雙眼，發覺有兩個黑影柔軟的壓在我的身上。我並不立卽動彈，而讓眼睛下垂，於是眞正的輪廓就一覽無遺了。我等著那兩個黑影交談完後，對那纖細的一個說，妳一定當過舞者，彩帶舞是妳最拿手的吧？我沒有在意那兩個黑影接下來的交談與動作，只是又把方才那個夢細想過一次，覺得滿意了，眼前那兩個黑影早已退走。陽光現在可以很正常的從醫院的窗口進到我的眼睛裏；現在，很鎭靜地看著他，坐在床尾，看他彷彿坐在教室的角落一般的遠離著我。眼球隨著光束中淸晰的灰塵流轉，我忽然問起他爲什麼所穿的衣服與剛走的醫生和護士一樣的黑。

有好一陣子，他沉默著——用微笑的嘴角，不斷的眨著眼睛，並用眼光不斷看我。在舔舔略微濕潤的嘴唇之後，他說，有一天，母親幫我理頭髮，正要再幫著洗頭時，忽然間，想起她和父親有次在溪邊，父親看著母親因低頭而散落下來的頭髮在水面上的倒影，舒緩而流暢地——就像流水一般——說：「就像洗頭的秘密是在於保護眼睛的乾燥，鳥瞰的秘密亦即是在尋找眞正的路徑。」一片雲從窗口經過，兩隻鳥在雲上頭站立不動，像睡著了似的。他說，沒看過那麼鬆的羽毛吧！我突然問他這是幾樓，他說我太久沒有下地了，我始終是個躲在雲層上的人——不敢動彈，因爲那輕飄飄的雲啊！

那麼，我該下地了嗎？怎麼下去呢？他只淡淡的說：

「沒有『那麼』的。」

那麼，——話到唇邊，想起他才剛說過的話，底下的話沒一句可以說得出口。他這時站了起來，走到窗前，將原本半開的窗全部打開，頭也沒回地，縱身跳下窗。我很快的跳下床，衝向窗邊。在胸部撞擊到窗戶突起的框子時，胸部鬆軟陷下——不，應當說，是牆、窗子、窗框鬆軟下陷。我拿腳踩踏上去，窗子給壓扁得不能再負荷時，將我彈出窗口。腳很快的著地，腦海中閃過一個念頭：原來不過是個騙局，只是海綿作的。最令自己驚訝的是，在如此思量時，竟然也沒有回頭。

回頭，在眼睛的後方？

閉目，在眼睛張開的時刻開始？

12.

街道擁擠，迷漫；

嗩吶幽鳴，不知所終；

鞭炮亂舞，大地怒吼且沉靜。

三人（兩巨人一孩童）不停前走，始終在我眼前一尺處，我沒有後退也沒有前進。小男孩夾於兩個巨人之間，並不顯得渺小；巨人們衣領飛舞，彷彿小男孩之長袖飄飄。七爺、八爺從我身旁滑過，如流水。很愉悅地觀望他們離去後，才發現自己身軀捲進一張大白紙中；像一根柱子直挺地存在著。那個小男孩（那是我耶！）走過來，將紙抽走。「通告」兩字從紙面緩緩飄到我的手掌中，字像蠶般的蠕動，擡起頭，望著我。突然感到嘴裏的口水變得苦澀起來，唇半張開著。小男孩神情愉悅，眼珠圓大而清澈，將我右手托起，把食指移轉向後面的隊伍中。隨著食指的方向看去，一青年男子拿著「童年往事」招牌，白色爲底、鮮紅的大字扛在肩上，肩下白汗衫黑西裝褲隨著高聳的木屐前行，招牌兩邊各有一手掌把住，如人臉上雙耳，卻始終不見其首。面向招牌大叫「我是誰？」「童年往事」四字瞬間掉落下來，招牌已成銀幕，年輕時的姐姐正在兩手掌間不停地拋接三個芭樂，芭樂在上拋剎那之間一一變換成我。在空中上下之間，我發現自己並不孤獨，「童年往事」四字亦如摩天輪般的盤旋不已。媽祖、城隍愉悅地操縱轉輪，冠帶、冠穗亂顫不已；在他們漆黑的臉上，白亮的牙齒閃爍如夜間的霓虹燈；縱跳的步伐、飄搖的聖袍，猶如一雙飛舞的花蝴蝶。

男孩高坐於一大紅椅上，神色自若的指揮身旁不斷上昇的攝影機——遠遠的觀看著小男孩，覺似伸手便可觸及的距離。攝影機捕捉著他的演員；演員一個接一個，螞蟻成匯著仰臥著的模樣。飛機的腹部大方的攤開於陽光下，腹部的影子使機背涼快起來；熾熱的蟻羣從熾熱的腹部鑽入，然後將飛機開動起來。機背仍處於陰涼的狀態，很安穩的在機腹下飛動。由於機腹朝上的緣故，令人更感愉悅，飛機也如孩童歡呼般的叫響起來——是人的聲音，不是引擎。但就是速度太快了，以致始終逃不出小男孩掌中攝影機，——那小小的、四四方方的，觀景窗。

「倩女幽魂」與臺灣解嚴

之一：電影的意義

豹羣闖入神廟，將獻祭用的聖酒飲乾；這情形一再發生，一次又一次；終於這件事的發生已然可被預計，而且變成祭典的一部分。

——卡夫卡：《罪、痛苦、希望與真理的沉思》

問題似乎必須從這裏開始。一次又一次，審判似的，人們這麼盤問著我（甚至同一人，一再重複同一個問題——甚至，在同一部電影）：

「這是導演（或者是編劇）的原意嗎?!」

「我企圖在影片中尋找或挖掘，那些不爲導演或編劇所意識到的意義，或者是他們的潛意識。」我很覺靦覥，在那時的表情與聲調裏。我懷疑在那段「社會科學時期」，也許是這樣的直覺，一次又一次，沉入靈魂中的某個底層，像暗礁，隱隱地，慢慢地，牴觸著那上頭川流不息的意識；以致，後來對於自己的記憶與反省，先從這樣的心情逐次展開，而後，方想到這個問題。而今，再次細細地翻閱這些在我年輕歲月、心中動盪著知識熱情之作時，我再次覺得靦覥。

縱觀本書中各篇文章，我當時所力圖追究的就是「如何從表象鑽入裏面」。我運用當時我所知道的各種辦法；一次又一次。那時的靦覥來自那樣的責問，一次又一次責問自己的「各種辦法」還不夠廣泛；自己的哲學還很僵硬、牽強，充滿稚氣。而今我的靦覥則來自，當時我還不明白根本就沒有所謂的「一部電影有其『原來一定』的意義」！

然而，吊詭的是，終究我並沒有背叛我的直覺。八七年中開始，在無數個令人沮喪與難以言語的白日與黑夜裏，過去川流不已、成羣結隊的河水，碎裂成一顆顆刺足的石子。穿上球鞋，我在世俗表象的縫隙中，隨風而行。覺得心臟比以前接近著太陽與月亮；腦子已經不能那麼狡黠的在西方學院的道路上，西裝筆挺的快步擺動，而往樹葉與樹葉之間，一個個小小、顫抖不止而模糊的圓圈中游離；眼前所見盡似相仿，卻又分崩離析。「原意」，像棒球裏的蝴蝶球 (knuckle ball) 般飄忽不知其何所自與終；「我根本不當蹲踞捕手的位置」，也許這才是電影所告訴我眞正的「原意」。

用下面的圖樣或者更能簡要的表明我現在對於「電影的意義」的心情與認知。

之二：本書的結構

(A)形式 (form)

只有目地，沒有道路；我們所謂的道路只是一種搖曳不定的東西。

——卡夫卡：《罪、痛苦、希望與眞理的沉思》

常常我是這麼感覺到生命的秘密的：正是在那最矛盾處蘊藏著它最富戲劇性的所在。在這裏「最富戲劇性」意謂著「最大的曖昧性（ambiguity）」，意即它同時包含著兩個絕然相反的「存在可能」。例如，我們說要瞭解他人同時也必須瞭解自己，反過來說，其理亦然：在進一步瞭解自己之時，事實上同時我們也進一步瞭解他人。

對於所謂「看得懂這部電影」這個現象，事實上也包含著兩個要素：(a)這部電影；(b)「看」這部電影的方式。換句話說，電影研究這個活動並不能單只研究電影的色彩、聲響、對話、演員、編劇、場面調度、燈光、結構、意義……等，還必須研究我們研究這些層面的方法。用通俗字眼來說，前者是所謂的「目的」，後者就是所謂的「手段」。然而，這樣的區分卻在人心上造成重輕之別，以爲研究「研究電影的方法」不過是瞭解電影的「身外之物」，而事實上這也是瞭解電影的「本身」。我常想這很可能是「人類歷史不斷重演」的一個極具關鍵性問題之所在。

我記得在我剛入伍時，在我們這羣預官之間所號稱的「科際整合」（大家分別來自不同的科系）的閒談中，《獻身與領導》（光啓出版社）、《魔掌》（中央日報社）這兩本書是我們所討論最多的。似乎對我們來說，身爲軍人的第一個敵人是我們自己——我們以前對共產黨的那套陳腐的觀念。「我們所應該研究的，就是共產黨如何成功地在他們的黨徒身上製造一種心靈狀態。這種狀態使他們相信，他們自己在世界上獲得了最有價值的理想與目標」（《獻身與領導》，p.132）「軍人的職責是保國衛民，不知道大家是否見過不作戰的軍隊？曾否見過專門訓練士兵掃院子、挑水、修理家具、帶小孩、刷鍋洗碗、替小孩擤鼻涕、替人點火吸煙的訓練班？……」（《魔掌》，p.1）

我們究竟因何驚訝？簡單的說，就是我們看到以前在我們觀念中的「手段」（我們用「花樣百出」來形容共產黨的各種「伎倆」，同時也藐視他們的各種「手段」），竟然成為：(a)共產黨徒的心靈狀態；(b)收買民「心」的利器。或者說這時我們心中原本的邏輯次序顛倒過來了：原本我們所以為的「手段」、「方法」就是目的本身；心靈完完全全給「伎倆」所搬弄、控制與變更！

人類或許是這星球上最矛盾的有機體：人一步步發展出精密的工具來，人類也因此一步步遠離大自然的懷抱、一步步與其他有機體明顯地區分開來，然而，人類卻還將這些工具視為「不具心靈力量的物體」。

我將文稿拿到出版社希望能結集成冊，出版社則希望能有一個一貫的主題。我想起自己在過去的寫作熱情中所飽含的希望也正是如此：(a)在〈中國超現實主義〉的兩篇文章中，我當初所企圖建構的是，探索出「新的中國文化符號」的可能途徑。在這裏所謂的文化符號當然是指電影語言。這個企圖是〈初探〉一文的整個精神所繫之地。選擇鬼片，當時外在環境的機緣是一個很重要的關鍵（那時電影圖書館正放映文中討論的三部片子）；決定從鬼片繼續著手，在〈再探〉的前言中已說得很清楚。剩下來要說明的就是研究方法的問題，這也正是我當時內心中的情感之所繫：結構人類學中的結構主義，以及由語言學發展出來的符號學。這兩者在文章的架構中十分明顯的表現出來，事實上，這也是在一系列關於新電影的文章中的主要研究方法。因此，當然我當時的理想是，非再往電影史同一類型影片中去找尋，否則難以竟其功。(b)在新電影文章系列中我依然抱著如此「龐大的計畫」的想法。(c)甚至這更進而延伸到企圖建構出一個較爲完整的中國電影美學觀來的想法。〈中國電影美學初稿〉就是在'87亞太影展學術研討會這外在機緣與此內在情感的遇合之作。

在這一篇篇的「初探」與「初稿」的標題中，蘊藏著我當時受著一點點淺薄的人類學訓練，而以爲非在嚴謹的歷史深度與廣度中無以探索出一個問題「可能的究竟」，這樣不顧慮現實問題的態度。在出版無門的情況下，我多半只能被動的在偶爾的邀稿這樣的機會裏，作著半生不熟的理想之夢。然而，如今出版有門，但我已無法再寫類似這樣的文章。在六篇電影散文的部分，前面四篇仍不脫一貫的人類學與語言學研究角度的色彩（由於篇幅的限制，因此對我當時而言，寫來更覺自己的內在是散亂的）。直到〈婚禮·A片·喪禮〉、〈電影中的愛情〉，我已開始反省這樣的研究方法對於我內在世界的限制；這兩篇文章所潛藏的精神，就開始呈顯出當時我在研究態度上的游離味道。

因此，就研究方法的角度而言，本書以個人淺薄的人類學與語言學的觀念和方法，一脈相承下來——即使就那兩篇游離性的文章來說，它們也在這連貫之列。因爲，它們也是相對於那樣的研究方法，試圖尋找另一種「可觀的」觀察電影的方式。再者，就建構一幅完整的臺灣電影史的角度而言，個人以爲研究方法本身同時也決定這個歷史形貌的內容。沒有所謂「資料性階段的臺灣電影史」，而是「零散與破碎的臺灣電影檔案」，沒有所謂的「不借重任何一種派別的研究方法」，而是「文字堆砌式的漫步」。因爲，研究方法的重要性並不全然是在於電影理論的摸索與建構，更重要的是（也是眞正的關鍵處），研究方法在於對現象提出一個「發人深省的問題」。正是由於這樣一個具有獨到見解的問題，才能使我們洞察出歷史的轉捩點其所以然的可能緣由，才能挖掘出那種種深藏在歷史灰燼中的新的能源，才能使我們對某部電影的視野不爲其架構所限。是這樣的具有創意的問題意識，才能使觀衆不斷去深思臺灣電影歷史中的奧秘與未來的希望之基礎。

(B) 內容（content）

現在攤開在我面前的是一個前所未有的問題：我當初所宣稱的超現實主義的鬼片，這與當時社會所宣稱的臺灣新電影，這兩者之間是否具有什麼「電影史」（就「電影的主題」這分類觀點而言）上的「關聯性」（就我上面所論的「提出一個發人深省的問題(觀察點)」)？

思考的起點似乎必須先從臺灣新電影開始。

新電影異於傳統國片的一個引人側目的特質是它的拍攝手法。《玉卿嫂》與《桂花巷》重要的地方，並不在於它們是所謂的女性電影。這種以外觀上顯而易見的題材式的分類法，無法使我們洞察這兩部影片同時在臺灣電影史與臺灣歷史上極爲重要的象徵意義。無論是侯孝賢與陳坤厚等的「長鏡頭」或者是「深焦」，楊德昌的「割裂、重組與蒙太奇剪輯」，張毅、王童、曾壯祥等的「搖攝、移動攝影」，新電影所共同追求的「客觀寫實」的立場幾乎是一致的；不僅如此，常常在影片中所流露出來的客觀是跡近「疏離」的。侯孝賢甚至宣稱其《悲情城市》，是以一種似「天」般的客觀，從上往下看地上人間之滄海桑田而不動容，所要拍的是「那種壓抑的情感，天意與自然法則」。《玉卿嫂》與《桂花巷》就以這種手法敍述舊社會女人的悲劇命運：新電影工作者就是這麼不帶情感的看著眼前那個舊的電影傳統的逝去——在他們所推動的這股潮流下／這個時代的人眞是以如此壓抑的心情，冷冷的看著那個悲慘的舊社會的逝世——像舊社會那個時代的人一樣擁抱著相同的壓抑情結與性格？前者，是新電影在臺灣電影史上所延伸出來的象徵意義；後者，是新電影在臺灣歷史的發展上一個來自象徵思考的質疑。

在鬼片中，以極度誇張的戲劇性手法（蒙太奇式剪輯），表現在舊社會中一再受壓抑的人性（尤其是「性」）；在新電影裏，形式與內容的關係幾乎是與鬼片相反過來：以極壓抑（或客觀）的寫實手法，表現一件盡量力求不具強烈戲劇性的事情的經過。事實上，新電影在性的探討上並不新。《暗夜》、《怨女》、《心鎖》、《殺夫》、《色情男女》、《孽子》所表現出對舊社會性壓抑的質疑與反抗，早已給文學原作在舊電影時代中以「冷冷的文字作盡」。相反的，新電影作爲新的創作媒體，不僅在創作上繳了白卷，還一再流露出對女性肉體的剝削；在這一點，新電影恐怕比鬼片還要「傳統」。即使是像號稱女性電影的《結婚》、《海灘的一天》、《恐怖分子》、《我這樣過了一生》，女性意識也並不新。

然而，新電影眞正說來最重要的地方反而並不在其手法上，而是在由侯孝賢一系列關於成長過程「內容」的電影，它們「在這時期」（臺灣歷史）的象徵意義。從童年鄉野記憶的

《冬冬的假期》，青少年時期的《風櫃來的人》、《童年往事》與《尼羅河女兒》，到當兵（轉爲成年）前、當兵時的《戀戀風塵》，以及後來回溯到政治歷史的《悲情城市》。「適逢」在臺灣宣告正式解嚴（'87/07/15）前的那段日子中，侯孝賢與其工作班底，一步步敍述臺灣在戰後個人的成長過程（當然還沒有「成年期」），從童年到成年之前，這對「當時」臺灣社會所呈顯出的重要性，其象徵意義恐怕要大於其在電影上的意義。這個「成長」與「過程」或許才是眞正使新電影與舊電影截然劃分開來的最主要的因素，「新」電影在這個角度上確實可以「冷冷的」看著那個代表著陰鬱的舊時代鬼片的逝去。也許，侯孝賢在這成長過程中的止於成年期，就結論式角度而言，象徵地預言了新電影的收場——解嚴之後，臺灣電影仍然要在成年之前的曖昧階段作一番摸索（就像他自己的創作過程）。這個饒富趣味的象徵思考引出一個更重要的文化上的問題——這樣的思考乃接連著我當初企圖在「中國超現實主義」中所建構的「新的中國文化符號」的理想——：新電影工作者「壓抑的美學」是否爲中國傳統文化中的「壓抑氣質」（這在課堂之上稱作「含蓄」，或叫「天人合一」）的變形（variation）？新電影的收場是否「壓抑的美學」要佔據著一個最重要的位置？壓抑的美學原本在電影中所欲壓抑的戲劇性，如今，一點也不戲劇性的、平行地（parallel）移轉到新電影在現實界中的命運？

戲劇性地，在新電影接近尾聲、臺灣宣告解嚴的次月，《倩女幽魂》在臺灣與大陸之間的香港，開創出鬼片一個截然不同的新風貌。《倩女幽魂》的出現才眞正點出鬼片所象徵的舊社會與新電影所從出的現代社會，兩者之間截然區分開來的一個關鍵處——這個關鍵處才分別凸顯出鬼片與新電影本身最重要的特質。

問題是先從這裏開始的：鬼片與其他傳統國片最重要的分野在於它的巫術與宗教色彩。然而，這兩者到了《倩女幽魂》卻成了失去超自然神秘性的科技（technology）表演大觀。《倩女幽魂》所眞正「表演」的是一個百無禁忌(taboo)的時代的來臨，一切人與自然與超自然的關係皆「下降」（這個字眼在阿姆斯壯踏上月球後別具象徵意義）到全然世俗（secular）的層面。人類已經從神聖（sacred）的領域中「撤退」出來。在新電影工作者的理念，也許並沒有什麼題材不能拍，或者解放傳統才是他們心中唯一眞正的電影意義與精神——同時在題材上與電影語言上。他們唯一剩下的禁忌就是電檢；他們還存有的「神聖」領域就是拍電影——電影卻是二十世紀人類全面世俗化的象徵。

解嚴，對這個島嶼上的人，表面上是中國傳統政治文化開始崩解的「可能」，底層裏卻是人的精神領域一個經過法律宣告的「正式撤退」——這也許才是新電影眞正「新」的地方？

福樓拜 (Gustave Flaubert) 在 1852/05/15（給 Louise Colet 的信）所說的話，也許比一百年後的李維史陀的悲觀（參見〈鬼的再探〉最後一句話，〈中國電影美學初稿〉標題下的引言）之論還要悲觀：

> 1789 年毀了專制與貴族，1848 年消除了中產階級，而 1851 年滅了「人們」。剩下來的只是白癡、庸俗的一羣——我們每個人勢必要變得一樣平庸。連心靈現在也講社會平等——大家都想同樣的事。我們寫書給每一個人看，畫畫給每一個人，為每一個人研究科學，一如我們替每一個人修道路、蓋候車亭。

辨（一個片斷）

0.

春末，陷入於某種莫名的困境；是心理上的迷亂，亦或是事情本身的難度，或者外在環境起著某種很幽微的干預，很難去分辨誰才是問題的關鍵。常常在夜半時分，像夢將我搖醒似，我因而起床，在家中無可如何地遊走起來，在天花板、牆與陰暗的角落中追逐蚊子的蹤影。僅有的一點興奮，竟來自這小昆蟲身上的紅色漿液！然而，畢竟還是對工作無所助益的，也許這一時之間的激動，就是環境對我所起的干預；問題或者是自己並沒眞正進入事情的難度之中。肚子常常在這時候鳴叫起來；在一條條長長的白色麵條尚未斷裂於牙齒的咬嚼前，夢似等待中的口水汩汩地流出。像預先測度好的，鷹已無法轉身或移動，鐵籠與鷹或許只是畫家所呈現的畫面，籠子的鋼條只是黑色的墨汁所構成，鷹頭朝向籠口，擺著固定不動的姿勢；鷹眼的位置是一個空白的小圓。帶著墨鏡的女子走進鐵籠，宣稱這將是一項行動藝術。空白的小圓如今閃亮起來，帶著幾分溫柔。如今她終於與鷹一起關在籠子裏，那女子宣稱自己是個藝術家。醒來後，我站立庭院之中，清晨微弱的光線穿過竹林，竹林顯得比黑夜更加漆黑。在窗邊的書桌擺上信紙，我告訴那剛嫁到美國的友人，想談談自己的近況，但畢竟還是先談起這夢，像談著自己的作品。想問她是否仍當初到美國念電影的憧憬依然如昔，我想著這夢，而終於作罷。

幾天後，我接到她的來信，信中只有兩句：

> 去旅行。
> 去西西里島。

1.

在山野中走著，忽然三個年輕男子從樹幹後出現，三人似樹林狀，前後排列開來。前後兩人各背著一把長鎗，中間那男子將右手在鴨舌帽尖輕拉一下；我覺得他有著非常過敏的神經。天空從白漸漸翻藍，我心中有種奇怪的感覺，我與他們擦身而過，我回頭看著戴鴨舌帽的男子的步伐，我覺得他是一隻蝴蝶，而我對此覺得十分滿意。這時他也回轉頭來，輕盈的向我走來，我看著他搖擺的雙手。天氣很熱，而你竟然沒流一滴汗。他微笑，可牙齒沒露出來，一條暗紅色的手帕有一半露出在右口袋外。我想起他方才的步伐，我欣然接受他的微笑。有隻鳥這時從我們的身體之間穿過，我們都很冷靜，我對他呈現出無畏的神情：「剛才我還有點猶豫，但現在我想我可以接受你的邀請。」他拉出手帕擦著唇上的汗，聲音在手帕移開後跟著出現，像是拉開布幕的舞臺演出，使我覺得那聲音的主人是與聲音的內容隔著一段距離的，聲音已向我跑來，但聲音的主人顯得模糊而令我難以捉摸。我對你的瞭解超過你的想像，這是我很自信的一點，如今我像地上碎裂的沙石，反過來任你踐踏。他說話不帶有義大利人說英語時慣有的那種像鬪劍似的腔調，這話雖他已承認自己位居下風，但這卻是我頭一次覺得他手上握著一把劍，這劍看來已無方才的輕靈之感。他掉轉身自行走去，那兩名背鎗男子斜著身子看我。

2.

在山腰拐彎處，村子在我們眼前安靜地攤開，教堂的尖塔反射出一閃一閃的光。你們的廟在這麼遠的地方也許就跟其他民房是一樣的吧！他用左手撐著右手肘，右手掌上的手帕貼在臉頰上。紅色今天或許是跟我敵對的吧！背鎗的男子的嘴這時正埋在蘋果裏。你知道我是不會將你放在心上的，而你也明白這是你唯一能佔上風的地方，因此你恣意地利用這一點，但你不該將自己的神擡到戰場上的。吃蘋果的男子將蘋果放下，露出微張的嘴，吃驚的望著那戴鴨舌帽的男子。

裊裊炊煙與天上白雲開始發生接觸；村子這時看來更顯安靜與清晰，像是雲的倒影。我知道這是一種幻覺，但是卻很自然而不造作。你爲什麼來到這座小島？背鎗男子中長得胖又壯的那個忽然靠近在我身邊，我吃了一驚，隨後我卻笑了。因爲我想起方才他也吃了我的話一驚；然而，我還勝過他一些。就這一些讓我暫時原諒他，就這一些使我在受驚嚇之餘，立卽又使他吃一驚，而這正是拜他之賜。沒有一點勉強；因此，我無所顧忌地將自己的缺點曝露出來，帶著發自內心的微笑；我是來這裏尋找一件東西。胖子將沒吃完的蘋果丟向山凹處，忘了擦嘴；這裏不會有你要找的東西，無論你要找的是什麼。我看著他嘴角上的一小片蘋果皮，我愈發覺得這時對任何人傾訴我的問題，將使我自己更能看清問題的所在；你一定沒想到我是來找你的吧！我突然說出一句令自己既驚又喜的話，天上的蒼鷹發出像嬰兒般的叫聲，我信心十足的以爲原來一切的秘密將從這裏給揭露。胖子的神色自若，就像那片蘋果皮並沒將他放在眼裏一般。不！不是的！你說的不是眞的；我知道你是來尋找你自己的。胖子話還沒說完，我就接著說，好像是要用腳去踩住那條露出來的狐狸尾巴；現在，我十分確定你才是這三人中的頭頭！因此，你才是我所要找的人。一長一短兩枝鎗分從我兩肋的方向對準。東尼！羅西！另一個人從另一個方向，幾乎是與鎗舉起的同時，叫了起來。我再次笑了起來，原來眞正的頭頭是你！我想仔細端詳這一直沒有注意到的人，但他似乎早已洞悉我的意圖，以致我還來不及看清他的臉，他便已轉過身去。

3.

這時遠處傳來一陣奇怪的聲音，聲音的出沒十分的有節奏感，似乎在那裏聽過，卻又從沒聽過的感覺。這個念頭使我再將眼光放回方才背對我的那人，他正站在一棵白楊樹旁，高而挺直的樹與他約莫六呎三四吋的身長，再加上他右肩背著的那把長鎗，使我的精神頭一次察覺到這島的地心引力。我不禁低頭看著自己的腳，腳上的球鞋的品牌令我發笑。上車吧！我還沒能反應過來發生什麼事時，我的身體已然給架上一輛敞蓬車，胖子與戴鴨舌帽的男子分坐我兩旁，方才在樹下背對我的人現仍坐在背對著我的右前方的位置上。現在我倒覺得他們的身體才是他們眞正的武器，那是我從未見過的一種武器，像是要從一個令人無從預測的時機，在不知道的方向下手，而用的卻是刀背。鎗似乎成爲一種嘲諷人的詭計，這詭計是要造成那人的身體之間的矛盾：用鎗牽制他的心，他的眼睛卻又給視覺所欺騙，而嘴又給對方的語言所籠罩，腦便在這三者之間迷惑不已。我剛才就是在這樣的情況下，身體給迷迷糊糊的架上這車子。這時我再度恢復思考能力，才發覺車子好像是在原地打轉。我正要問旁邊的胖子時，他們三人同時起身下車，而一匹馬出現在我面前，以人類直立的姿勢走進車廂裏，我這時才想起原來方才聽到遠處傳來的聲音是馬蹄聲。以前我只在電視上聽過，跟現在聽到不同的是，我那時內心中響著大地的聲音，原來是這樣的感受使我那時想到地心引力。想到這裏我突然覺得內心深處有種無可言語的憂傷，我的腦子一下還難以辨識，我的身體已然跌落在地。我仰望著車廂裏那翹著二郎腿的馬，我對自己剛才一次次的發笑覺得羞愧。

4.

我走到馬廐裏，他們三人在那裏已等候我多時，似乎算定我必然要走向那裏。他們問我要去那裏，我說都可以。胖子說，是嗎？你根本不知道自己要去那裏。戴鴨舌帽的將紅手帕遞給我，並說，這本來就是爲你準備的；你的自以爲是使你錯失許多東西與機會。高瘦男子仍然一言不發，率先以雙手抓緊馬轅，我們也趕緊跟進。路像長著兩隻手緊緊的抓住我的腳，我覺得腳根本一步都提不起來。高瘦男子將馬鞭拿給車廂裏的馬，鞭子霎時如暴雨般擊打在我們身上，血滴如噴泉般飄散開來，我覺得全身無比的舒暢，腳以奇快的速度前進，而一點都不覺得疲憊。白楊樹變得像小草一樣，山一座座躺了下來，飛鳥一隻隻的下墜，白雲與我齊眉，一隻高跟鞋在我腳下消失無蹤。

5.

我覺得體內的溫度逐漸升高，許多年已不曾如此了，自從我不再相信飛機是人類唯一觸摸到白雲的方式後。我對現在張得大大的眼睛感到滿意，天色已然暗了下來，但是我不用眼睛卻很容易將預備來襲的蚊子擊斃。我激動又冷漠的看著眼前一一展開的景象：一對在湖邊釣魚的父子一部在水底疾駛的火車兩隻藏匿在獵人身後草叢裏的公牛在雪地上滑雪的鮭魚一場只有女人的戰爭在鐵軌上行駛的失事飛機鬪牛場坐滿牛隻的觀衆席自由女神在非洲的羣山之間追逐野豬與護士步入結婚禮堂的獅子土撥鼠拿著獵鎗追逐獵人男人從此不准離開家門一步你相信這一切嗎？我很冷靜的看著他，我並沒立刻回答他的話，因爲我是如此的沉醉在這一切離我眼球而去的現象。再者，我知道這個時刻讓他自己接續下來的話，那將使這沉默許久的人感到他在這段時間中的空白是引人注目的。我現在就把瞳孔對準他，是這個肉身所發出的聲音將我體內滾燙的血液舒緩下來。地心引力再度眷顧起我們，我們飄然落地。馬，頭也不回的走了；車子，掉轉頭到另一個方向上，緩緩離去。我心中暗自驚奇眼睛的餘光所察覺出環境中細微變化的能力；我感到瞳孔突然間放大了些。也許，高瘦男子就是他們三人中的「餘光」？也許，根本就沒有所謂的誰才是頭頭……我拿出那條紅色的手帕，心中突然產生一個可怕的疑問。

0.

高瘦男子走到一塊岩石旁，一隻腳彎曲起來，輕輕的踏著它；於是左腳、右腳與石塊連接成一個近似於問號的姿勢。一把二胡正壓在這個問號上，我看著他將弓忽快忽慢的在兩根弦之間來回摩擦，但是我的耳朵卻聽不到任何聲音。我舉目四望，胖子與戴鴨舌帽男子皆消失不見蹤影。天空依然青藍，但亮度因著雲在午後的聚集而略微遜色。四周現在顯得格外的安靜，我聽見自己的心跳聲，像是籃球在水泥地上彈跳，略微沉悶的聲響。我慢慢的將紅手帕蓋住眼睛並綁在頭上。

下卷

下卷

尋找反核運動的意義

當前臺灣核電批判運動的反省

超越「反臺電」意識的限制性；超越生活功利的估算，重新反省人在自然中的位階，批評「唯開發論」和「成長崇拜」，沈思核害巨大陰影下的「生」和「生命」……也許是今後臺灣反核運動的第二個功課。

征服自然只能藉服從而贏得——培根（Francis Bacon, 1561-1626）

大概每一個人皆應當有一種轄治，方能像一個人。不管受神的、受鬼的、受法律的、受醫生的、受金錢的、受名譽的、受牙痛的、受脚氣的；必需有一點從外而來或由內而發的限制，人才能够像一個人。一個不受任何拘束的人，表面看來極其自由，其實他做什麼也不成功。

——沈從文〈八駿圖〉

曙光

臺灣第一座核能發電廠（設定在石門鄉），第一部核能發電機於（一九七八）六十七年十二月十日開始運轉。

臺灣第一篇「關於」反核的文章，於一九七四年四月出現在中文版的四月號《讀者文摘》上，題名爲「可怕的核子廢料問題」。

可是，臺灣一直要到一九八七年三月二十七日，在南臺灣的屏東恆春(核三廠所在地)，才掀起臺灣首次的反核運動。而臺灣的反核運動，在一九八八年四月二十四日的包圍臺電大樓行動中，抵達了這一年來的最高潮。

提要來說，臺灣的反核運動深受下列四種「近因」影響：

①一九八五年七月七日，核三廠一號機汽機機房大火。

②一九八六年四月二十六日，蘇俄的車諾比爾核能發電廠反應爐爆炸事件，不僅打破「核能絕對安全」的神話，而且使臺灣的民衆重思一九八五年的核三廠大火的嚴重性。

③一九八六年鹿港的反杜邦環保運動成功後，成爲臺灣地域性環保運動的典範。於是，反核者莫不將反核與環保相提並論。

④臺灣自一九八六年下半年度始，社會、政治之風丕變，爲四十年來所未見。從此，民主呼聲泛濫，而街頭運動不斷（光一九八七年，全省就有一六〇〇多件街頭運動）。而就在這種種錯綜複雜的因素交織下，將反核運動逐步攜入「大登殿」的情境時，一九八八年的三月五日，臺灣電力公司的八等核能工程師詹如意，召開記者招待會揭發臺電多項弊端。

詹如意「此時」的曝光行動，不僅吸引大衆傳播媒體的注意，也震驚了臺電公司——因爲這是首次核電廠內的高級技術人員，公開對全國民衆揭舉臺電核安全弊端。然而，更重要的是「此時」的詹如意給臺灣反核運動帶來一道嶄新的曙光。我們知道，向來核能爭議最核心的主題在於其危險性尚未能夠有效的操縱與預測。因此，核電廠的安全實際上可分兩個層面來檢討：一是核能「物體」本身的安全性問題；二是操縱這核能物體的「組織與人」的問題。

前一個問題，雖然至今在國際上仍是爭論不休，不過至少在臺灣這方面的議題已是「公開」而論之久矣的話題。至於後一個問題——組織（臺電公司）與人，則至今仍爲討論核安全者的資訊死角。臺電公司向來與民衆老死不相往來的作風，在一九八八年三月二十六日的金山鄉首次反核遊行運動中，由當地反核運動領袖許炎廷那激勵的言詞中可見一般：「鴨霸（覇道）文化」、「愚民政策」！

雖然臺電公司「此時」也正値多事之秋（空浮事件、核電廠不斷出事、出售含輻射污染之銅管與廢鐵、僞造保警日誌、「保健物理日誌」失竊、放射源失竊，飲用水遭受到污染以及外購燃煤案），然而，詹如意說：「我今天站出來，並不是要去推翻臺電，而是要臺電儘速改善軟硬之管理。因此，我目前不與任何反核團體接觸。」

因此，詹如意本人既堅決與反核、反臺電、環保、政治等劃清界限後，「詹如意事件」最後所剩下的是什麼？換句話說，去除了上面這四種加在「詹如意事件」上的表象後，「詹如意事件」的本質性問題是什麼？

也許，這個問題可由底下這個問題引發出來：爲什麼「這個時候」詹如意「才」想到要臺電「改善軟硬之管理」，當然，資料必須齊全才能要求臺電改善。

詹如意說，很多人以爲他今天由核一廠調職總管理處，是由於公司考慮到他一九八七年底生病開刀而作的安排。事實上，他並不認爲是這麼一回事。他說：「我在核一廠的考績向來十分良好，何以我調走的消息，竟然連我的股長、課長都不知道呢？」因此他想這或許是由於他上回主辦儀器購買及辦伙食時，不貪污的作風擋人財路，普受好評的結果卻惹人嫉妬所致。調職的風波，種下了他對臺電人事管理制度上的不健全的「切身之痛」的印象，深感難過。

詹如意自住院開刀後與醫生、同事研究，爲何會衍生囊腫及肺功能衰退現象？經發現，與他一起工作的同仁陳維國也有此現象，於是他蒐集資料並協助陳員調離核一廠，爲防止「污染粉塵」繼續發生、侵害人體。於是今年元月二十六日，他正式向臺電提出「意外事故報告單」，主要目的乃藉以喚醒臺電儘速改善安全措施及管理。未料臺電部分主管反應過度，甚至要求請病假必須他本人來，等等。其後，一直都沒有下文，七十歲的詹父遂親筆函臺電董事長、總經理。

今年元月二十六日，他正式向臺電提出「公傷」申請，其中某主管即對此百般刁難，要求他添補證明文件等等。而其後，也一直都沒有下文。七十多歲的詹父遂親筆函臺電董事長、總經理、經理、處長、課長等一級主管，仍然音訊渺無，於是詹父便向臺電寄出九封的存證信函，時間在農曆年前。孰料，農曆年後，某主管卻來電話：「你執意要報公傷，是不是怕扣工作獎金？你分明是來要錢的嘛！」臺電這種對待員工的方式，成爲詹如意揭發臺電的近因。

如果，這兩項原因眞是構成今日詹如意挺身而出的推動力的話。那麼，我們可以說詹如意「此時」的正義之舉（監督臺電改善核能安全），是有其「被動」層面的。當然，我們並不是說詹如意缺乏「主動的」正義，而毋寧是在說就人的存在的本質上來說，道德力量的社會性在根本上是有其「個人的」社會切身經驗的體認，而後才會爆發出的。否則，人人自小皆受愛國教育之影響（這是現代每個國家的教育重點之一），爲何有人年長後卻做出叛國的行爲。

因此，「詹如意事件」在層層表象的剝落後所遺留下的本質性問題爲：社會力量（如正義）的發動，得先通過個人切身的體驗後，才有可能落實成形的。

底下，我們先觀察近幾次的反核運動，再拿分析詹如意事件的省思來反省臺灣反核之神秘本質問題。

金山

一九八八年三月二十四日——金山鄉有史以來第一次反核運動的前一天下午，我們一行三人來到當地反核領袖許炎廷的家中。當時，屋外天有點陰鬱，屋內的人神情是激憤的。「我最看不慣臺電的作風，不是用欺的，就是用瞞的！」他說。我問他，關於核能方面的知識是怎麼獲得的？他拿出三本日文書出來，「剛開始，我是由這一套小說中得知核能的嚴重性的」，我看那書上作者寫著山崎豐子，許先生告訴我書名叫《第二個祖國》（又名《燃燒的祖國》）。「後來，關於核能方面的學問都是由日文雜誌中著手的。去年，恆春的核三廠模擬中心模仿失火，我也跑下去看，還去聽邱連輝立法委員的演講。」

近黃昏時，當地另一位反核運動的主導者李國昌也來到許先生家。李先生爲上一屆金山鄉鄉長李國芳的弟弟。在去年臺電舉辦的「日、韓核能教育觀摩」中，李先生身爲其中一位。他提及，他對核能電廠的事也是從那次的觀摩中才較了解。對於日本核能電廠所作之評估、與民衆溝通及公共設施等作法，他以爲這是臺電最弱的地方。

金山鄉反核運動的前一天下午，我們在許先生的帶領下，造訪了幾位當地的農民和民衆。五十五歲的黃先生提到，近兩、三年來所種的菜都比以前要「縮小」一半以上的高度及大小。他說：「像白菜，以前只要五十多天就可以收成，現在種了三個多月，採下來也不會有人要，因爲既小又斑痕累累。最慘的是茭白筍，以前（六、七年前）一分地可收近千斤，現在（近二、三年來）一分地卻收不到四〇〇斤。」八十歲的劉姓老婦人，眯著眼、彎著腰，很無奈的說：「以前的水稻一分地可收八〇〇到九〇〇斤，現在卻只有五〇〇到六〇〇斤。菠菜到七十六年十月時也是種了都長不大。」

六十四歲的曾姓婦人接著說：「去年農會的人來看了一下，建議用罩網試試看，效用還是不大。」

黃昏時，我們在金山的鄉道梭巡著，只偶爾見著二、三張反核的海報，告知明天的事。一切皆靜得很，看不出金山的人對明日反核運動的喧騰，也聞不出山雨欲來風滿樓的氣味。因此，我們對明日的活動安排，擔了些含含糊糊的心。

三月二十六日下午一時，我們在往金山的路上看到一輛揷滿尤淸字樣綠色旗幟的小貨車，在速度和風的搧動下，狂野的朝金山那邊奔去。「那樣像是趕集，可又不是；商人趕集爲買賣，這綠車子『趕集』也是買賣嗎？」我心裏頭這樣思忖著。回憶三月二十四、二十五日兩天，在金山的街上與郊外，見著綠色的蔬菜，嗅到綠色的山野野氣，可始終找不著那剛才在風中興奮得亂顫的綠旗子。看來，有些人的「關心」也未免匆忙得教人驚慌。

下午三點半。

淡藍色的烟霧佔領了金山最繁華的街道——中山路；昂揚的聲音激盪在金山民衆樸拙的

耳裏。街道兩旁的大人，露出既好奇又歡樂的神采，用拘謹的腳站在門旁。小孩摀著耳朵，咧著嘴，天眞地笑將起來，用抖擻的腳不停的閃跳身旁的鞭炮。「這比過年還熱鬧！」一個十一、十二歲小學生對她身旁的朋友高聲的說著。然而，街上卻不見十三、十四歲的少年。許炎廷說：「學校規定今天(禮拜六)下午，金山國中的學生一律帶便當參加『課外活動』。」

在核二廠門口，美國賓州電視臺的幾名記者像章魚一樣，不停的在羣衆間張牙舞爪的抓人訪問。總指揮李華國用麥克風大呼「我們要表現大國民的風度！」四點半李華國、施信民、鄭余鎭、黃煌雄四人代表入內遞抗議書。五時左右，四人出，核二廠的廖廠長面對羣衆，允以一個月之內予金山鄉民一個交待。之後，隨卽施放汽球。李華國說：「汽球飄向那裏，空浮也就汚染到那裏。」我問身旁的臺大物理系張國龍教授：「目前臺灣的反核運動，最大的危機在那裏？」張教授說：「今天一般的居民和臺電的心理是頗爲類似的。只要臺灣沒有遭受到核害的敎訓，大家還是對核能發電抱持樂觀的態度的。但是，問題是，臺灣根本沒有辦法承受核能災害。」

核二廠的天空漸漸灰暗下來，雨也漸漸大了起來，我停在茶水車旁加著水，看著張教授身上的黃雨衣，在前方那片混濁的海洋前，惶惶的飄動。人羣散了，可那黃濁似的海水卻散不了。

鹽寮

三月二十七日下午一點，鹽寮的反核運動，於鑼鼓喧天中，在澳底國小的操場揭開序幕。這次鹽寮鄉十一個村皆派有代表參加，其中又以龍門村的人最爲令人側目。龍門村的總指揮，身穿野戰迷彩服，肩披龍門村字樣紅彩帶，臂上圈以「決死隊」的紅臂章。在其機械式節奏下的哨子聲中，領著一隊近三十人左右的十歲孩童，踏著機械式的步伐，手中舉著「反核四，救人類」的牌子，嘴裏亦吶喊著「反核四、救人類」，雙眼直視，表情漠然；這幅景象，不禁敎人想起玩具兵。龍門村另一位反核代表，七十四歲的陳老先生告訴我：「如果核四廠建了起來，我會用身體綁炸藥來跟他們一戰！」我愣了一下，問他「需要這樣做嗎？」「爲了家鄉、財產安全，不出來不行！」夾在龍門村的人中間，在那股強悍與詛罵交織的氣勢裏，頓時感到自己比七十四歲的人來得年老溫順，就在我企圖「脫圍」之時，方才的陳老先生向我大叫一聲：「若是不報導得強烈一點，根本就起不了作用！」他話剛說完，鞭炮聲卽起，好像他的話的溫度高得足以引爆各種可燃物似的。遊行隊伍開始由校門口出發，時間是下午一點五十分。

隊伍在天上飄落的細雨和地上飛蹦的炮竹中緩緩推進。青烟、綠旗、人影、吼聲，混濁的交織在一起，那像是一條怒吼的龍，要把這個小鄉村給翻轉過來。二點三十分，這條龍來到仁和宮媽祖廟時，雨忽然潑辣的下了起來。二點五十分，隊伍抵達核四廠預定地的門口。在一陣的指揮秩序和一片義正詞嚴的譴責聲中，三點二十分左右，羣衆忽然靜了下來，人們的眼睛皆盯著剛剛放走的汽球，朝無盡而昏灰的蒼天游移。接下來，總指揮車上有一波波的反核演講，車下也有一聲聲「賣民進報」的聲音不止。不遠處的濱海公路上，一車車的人被堵著，傻在那裏。

臺電

四月二十二日下午二點三十分，臺北的天空不停的揮灑著夾雜各種塵埃的細雨。立法院的門口蜂擁著來自臺灣各地的反核代表，由張國龍教授所領導的五、六十人的陳情活動，給予這陰濕的城市另一種「不怎麼狂熱的週末」的氣氛。就在百公尺處的臺大校友會館，詹如意則召開他的第二次記者招待會，說明他前天突然昏倒，竟被臺電的人送進三軍總醫院精神病科的經過。下午六點三十分左右，以臺大物理教授張國龍，臺大化工系教授施信民（曁臺灣環保聯盟會長），清大應用數學教授黃提源，財團法人婦女新知基金會秘書長曹愛蘭，作家孟祥森等人爲首，在臺電大樓的屋簷下，開始爲期四十六小時的禁食靜坐抗議。此起彼落的閃光燈，在昏暗的黃昏中跳躍在這些人的臉上，像放著烟火，在他們不平的臉色上加添了一點歡樂的氣息。

惡靈

四月二十三日中午十二點三十分，臺電大樓前，艷陽天。一羣雅美族的青年，在經過二個小時的遊行後，來到這裏向臺電抗議他們把蘭嶼作爲核能廢料貯存場，他們用焚燒「惡靈」來象徵他們的挫折和不滿。臺電大樓的屋簷下，禁食靜坐的人默默的看著眼前的那把火。

我用空了十二小時肚子的心情來和禁食已近二十四小時的施信民教授「貼切」的談了起來：「我知道您是教化工的，如今卻又站出來倡導環保，這之間不免予人自相矛盾之感？」施教授微笑著說：「矛盾是對化工界的人而言。今天，我是抱著一種贖罪的心情出來提倡環保的。所謂解鈴還需繫鈴人嘛！」

「那麼，您當初又是在什麼樣的動機下，出來創立『臺灣環保聯盟』的呢？」

「你知道世界各地的環保運動都是草根化、地區化的，因此，我覺得今天在臺灣必需要把這些地方性的環保運動聯繫起來，一則力量不會分散，二則藉此使得學術界關心環保的人也可與地方人士相互支援。」

「爲什麼選擇用禁食靜坐的方式來作爲你們抗議的方式？」

「反核最初是來自於反核武，共同的目的和意義都是去追求和平，因此，今天，我們參與反核示威抗議運動，也要用和平的方式，避免用暴力。因此，禁食靜坐是透過一種自我要求的方式，來要求對方作更進一步的改革。」

因此，四月二十四日下午二點開始的「包圍臺電」反核遊行抗議活動，呈現出臺灣有史以來最和平、最理性的街頭運動。近五點時，羣衆在午後溫和的陽光下逐漸退去，臺電公司副總經理朱善增方才的一番「官方說法」（該公司完全是執行政府指示政策，今後將更積極加強核能安全云云），使人更加懷疑：這棟大樓裏的人究竟有沒有爲「自己」心中的那把火，擔負著「惡靈」似的惶恐與自省？也許，「詹如意事件」發端了一絲臺電內部「自我要求」的火花，然而「送進精神病科」的事件，卻也意味著這中間還有不盡的掙扎與糾纏存在——畢竟五千年的文化，表面上雖也走向最尖端的科技上去活絡，骨子裏仍有最深沉的「惡靈」的歷史死結在游移！

本質

根據臺灣電力公司委託清華大學人文社會學院，於一九八七年十二月所出版的一份研究報告〈核能電廠與民衆意識——一個社會生態學的研究〉（主持人爲李亦園，協同主持人爲徐正光與張茂桂）中說，臺灣自有核能爭議以來，其內容可分爲五種：

一、政治性的議題　如核電廠的設廠是否成爲平衡中美貿易逆差的工具；臺電公司所提供有關核電廠資料是否正確公正等。

二、經濟性的議題　如核電廠龐大支出是否符合經濟效益；核電廠生產壽命只有三十年，是否合算等。

三、社會性議題　如核電廠的生態環境的影響程度；輻射對於人體的傷害應有正確可靠的監測工具；有關核能知識與安全應該以開誠佈公的方式教育民衆等。

四、技術性的議題　國內所採購的技術是否爲最先進，最合乎經濟效益，最具安全可靠性的技術等。

五、其他　臺灣位居火山地震帶不適合興建核電廠等。

然而，不論中外，最令反核者憂心忡忡的莫過於核能發電的危險性尚未能夠有效的爲人所操縱與預測。正由於沒有所謂的「絕對的安全」，再加上核災害對於人類的巨大災害與深遠影響，這成了國際性的核能爭議的最核心主題所在。因此，今天我們來重新省思「純反核」這個問題，自然要將焦點置疑在這個向度上去作本質性的掌握。

這個問題就「人」的方面來說，由於人不可能保證在操弄任何工具上是百分之百的無誤。因此，這一開始便關乎人類行爲的最大限制性及人的存在本質（犯錯的可能性）。

至於就「物」的方面來說，反思起來卻是對人類的知性能力充滿了反諷：人類以核能發電爲目前人類最高科技文明之一，而且人類的科學精神乃以「證據」爲其靈魂，但是，今天人類所企圖加以控制——用科學的方法——的正是「無形」的輻射線。人類的科學方法，不僅尚不能明確指認出那種輻射線的外洩會造成那種病害的必然性關係，更不能有效的解決核廢料的安全問題。於是，我們可以說在這個向度上，這是「目前」人類在知性能力的最高限制。

此外，以核能作爲能源的來源這個方向來看，引發了一個頗具時代特色的問題，以及一個關於生命本質的問題。

我們知道各國設立核能電廠最主要的理由是在求節省經濟發展能源投資成本，因此，大半設有核能電廠的國家，其核能發電量皆佔該國全國總發電量極高量比率（甚至超越五十%）。如此一來，如果有一天該國核電廠失事停電，則原本核電壟斷的情形豈不反而使得大半工業癱瘓。由此，我們可明白爲什麼一個民主而多元化的機會，爲什麼會成爲人類較妥適的理想國。換句話說，核能發電的獨占性是違反時代潮流的，這一點是核能作爲一種能源的來源十分弔詭（Paradox）的層面。

再者，人類由當初的水力發電而火力發電而今日的核能發電，似乎離生命的本質愈來愈遠——同樣弔詭的是，人類卻宣稱自己愈來愈進步、文明！核能發電似乎與生命系統的非直線性本質（卽不斷的再循環交換）背道而馳，核廢料不只不能再回轉利用，而且對於地球上一切的生命體造成「不可捉摸」的破壞。

因此，反核實際上在本質上既包含了一個永久性的課題（生命本質），更容納了三個時代的特質（科學、民主與人類知性的極限）。

然而，臺灣反核運動的本質又是什麼？

首先，我們要區分「反核」與「反核運動」。提要來說，「反核運動」指的是行動上的要求改革，而「反核」則指理論上的思辨。「反核」可以是一人私下的理性上的思考；而「反核運動」則必具備有「集體」的信念與理想，因此爲一羣衆運動。再者，「反核」可以只就抽象知識體系上作眞理的追問；但是，「反核運動」則必得要有一具體的訴求對象。

在臺灣，這個對象就是「臺電」。因此，在臺灣的反核運動必然飽含了「反臺電」的情緒。

清華大學出版的研究報告〈核能電廠與民衆意識——一個社會生態學的研究〉中，指稱「民衆也不懂得核能的基本知識，那麼民衆在反對什麼？我們認爲，很可能是『反臺電』而不必然是『反核能發電』」。這雖指出現象的「一部分」眞實性，然而，卻也疏忽了形成一項社會運動的必然要素：一個「具體的敵對客體」的存在或塑造。因此，即使今天是學富五車的反核學者加入反核運動中，在臺灣他也不可避免的要「反臺電」。這是羣衆運動的本質性使然，而非知識的層次所造成。

臺灣的反核運動者，除了對核能的不安全有集體的共識外，他們還將「環境保護」也納入他們的集體信念中。

然而，細究之下，當地民衆的「環境保護」的概念是：過去抓魚的近海區，現在被污染得不是抓不到那種魚，便是捕到的魚不能吃；或者是，這二、三年來（金山鄉）蔬菜因酸雨而大長斑點（詹如意說這絕不是核能發電的空氣污染所造成）。也就是說，「環境保護」是在他們的切身利益受到損傷後提出來的「社會公義」的言詞。換句話說，臺灣今天的「地方環保運動」實質上乃彼此間在利用自然資源，當利益相衝突時，自然——社會間關係便面臨重新思考。

本質上，今天這地球上的人類（無論是資本主義國家或是共產主義國家）都迷信經濟的無限成長，而且都認爲經濟是靜止在當前「社會」組織結構裏的現象，而不是「自然與社會環境」「共同」改變與演進、互動的現象。

因此，說穿了，現在所說的「環境保護」意味著：原本這塊屬大衆公有的自然資源，如今卻被某一團體或組織轉換成其社會資源後，其他人卻無法再轉換成「自己的」社會資源（因爲已經受到汚染）。所以，「環境保護」並「不單純」的在維護自然環境的原始狀態，而在於其維護人類更長久生存下去的「社會環境」（在以人爲本的最高生存理念下，自然環境已不再自然）。

但是，這也並不意味著「環境保護」就不可能實質上的推展開來。臺灣的環保運動在本質上與「詹如意事件」所給予我們的省思，有著十分雷同之處：或許，社會的公義的發動（如正義、環境保護），在通過個人的切身之痛後，才更有可能實踐成形——也許，這是我們大衆傳播工作者，藉著我們工作上獨特的觸角，得以與時代的脈動共振，在心靈的沈澱與反省下，在這幾番的反核運動採訪中所獲得的珍貴成果：人的存在本質。

綜合上述的現象陳述與本質分析，可得出下表：

現　象	本　質	人類共同的課題
詹如意事件	社會力量，必得先通過個人切身的體驗，才有可能實踐成形（社會與個人間之關係）	人的存在本質
地方性環保運動	社會力量，必得先通過個人切身的體驗，才有可能實踐成形（社會與個人間之關係）	人的存在本質
反核運動	反臺電	人的存在本質
反	生命系統的非直線性	生命本質
核	科學，民主，人類知性的極限	時代特質

人類最偉大的地方

核能發電、環境保護運動，再加上人的存在本質，不禁使人重新反思那恆古以來的不朽話題：「人與自然的關係爲何?」「人與宇宙萬物間的關係爲何?」

也許，中國古人的「天人合一」的論題對今人（功利之人）而言，不僅過於高妙而且悠渺。然而，培根的主張是值得現代的人反省再三：「征服自然只能轉服從而贏得」。

曾經有人問：「爲什麼我們人一生就只有一種形態，可是有些動物，像青蛙、知了、蝴蝶，一生要變化好多次？」這個答案也許我們可從反核及環境保護的思辨中得到靈感：當人有一天不再企圖「變」爲神（用人的一切知識去改變自然）時，而且把人移到與宇宙萬物同等謙卑的地位時，那時人的「心靈」就可變化萬千爲宇宙萬物。

《老子》第三十四章最後一句話說：「以其終不自爲大，故能成其大。」今天的人類就是把社會的成長置放在自然之上，以社會爲尊、視自然爲卑，然而，他卻慢慢的發現，這樣的視野不只會摧毀地球上的所有生物，連帶的人也因其他生物（自然）的滅亡而滅亡。因此，老子的話無異是這麼訴說著：人最偉大的地方，就在於他「終於」能明白，他在宇宙萬物中並不偉大。也許，人最偉大的地方，不過是在隨「時」隨「地」有人跡駐足之處，還能維持自然與社會間的平衡罷了——這也是人類「環境保護」的最高境界！

綠島的「自由」以及人的蛻變

世界能够被吾人終極掌握的，不在於思想，而在於行為，在於合一的體驗

——ERICH FROMM: *The Art of Loving*

「遙遠的」召喚

去年（七十六）十一月上旬，我自一家私人博物館離職後，大半日子便蟄居於內湖一友人家。友人宅落於山凹處，開門卽見滿山翠綠的相思樹，於冬風中自在、豐滿的鼓舞著。在這兒，日日過著開門見山的生活，一切的愛恨怨憎似也只在難得上一次街時，才心悸的躍動一下。於是乎，一切皆變得遙遠了；連失業的念頭也遠得像山頭上偶現的鷹。直到十二月中旬，學長來電話，問我是否有興趣陪位英國來的社會人類學博士班研究生，去個「略爲」遙

遠之地，幫他作點初期的「打點」情事？我問多遠？他告訴我正是最近在傳播媒體上動盪著血腥和火光的那塊神秘之島。綠島？我將頭斜倚在僵硬的左手所握持的電話筒上，一種對冒險的疑惑，以及一分對傳聞的沉默，使我重新去思索這塊情感上、地理上，以及政治禁忌上皆遙遠的土地。

次日，撐著一分教條式的社會道德心理——助人為快樂之本，以及二分自我放逐的生命擴展情懷，於微風細雨下，來到了查理士的寄宿所。我只問了他此行的研究方向和題旨，他則由航空公司那詢得那塊使人心顫之地「歡迎隨時光臨」的言辭後，一切便似在一種奇異的和諧的命運安排下，兩日後這兩名昨日尚各奔東西的異國人，便要同時給放在那小小的孤島上去任風雨吹打。而後，這兩人竟在間歇的啜著手上的紅茶的同時，卻不盡的論起電影，論起柏格曼，論起《芬妮與亞歷山大》。我尚告他「芬」片中溢著禪宗的哲思，他驚喜的張著口、撐著眼有好一會兒。我極雀躍他當時的表態，因為那好似我既可由西片中見出與中國文化的相通處，則他亦有股莫名的熱情，力圖由「中土」裏翻掘出相會於其文化的親切情緒與理念來！於是，禪宗／柏格曼、西元七世紀／廿世紀、綠島／倫敦，這點點滴滴原本不相干且遙遠的東西，而今竟奇異而自然的糾纏在一起。前些日子在一本書上讀到的一個極惑人的問題，便如地下飽滿的泉水，激動的竄了出來：

「為什麼我們人一生就只有一種形態，可是有些動物，像青蛙、知了、蝴蝶，一生要變化好多次？」

隱隱約約中，我似可感覺到：把這問題放進「我的」綠島，則綠島不只是綠島，我也不只是我；而毋寧這一切或較接近某種宇宙的視野。

狗變馬

去這小島的那段日子，正逢這塊傳聞中的不名譽之地，掀起其前所未有的不名譽事件；消息如燎原般「火燒」臺灣本島。我們在心情上雖帶著幾分觸犯禁忌的興奮，可總也不免怯怯的。然而，綠島的狗扭轉了綠島的命運。這些在海堤上、街道中馳騁的畜生，竟揮灑出一幅既親切又雄偉的氣象來。當狗狗足躍上高聳的堤岸上，當狗狗臉凝向那片無際大海時，南寮村街上擡頭瞻望的人，莫不覺那派氣勢壯如馬，那份視野遼闊不可方物。俟其下地，跳鬧頑皮間，卻又教人不禁躬下腰來，拿柔柔的手去就那毛毛的頭。遂此，綠島的沉鬱，在海、長堤、狗的擾動下，竟變得活潑而瑰麗！但是，為什麼「人」會覺得狗變如馬？

犯人的自由、自由的犯人

我們到綠島的第一天上午，在拜訪鄉長的當時，鄉長即問查理士要「如何」進行他的研究調查工作。我將話譯給查理士，他猶豫了一下，隨即雙肩一聳，兩手一攤，有點無可如何之意。第三天晚上，綠島國中校長問我們「怎麼作調查」，神情上不祇顯露出困惑的樣子，言辭中尚有「不以爲然」的質詢，這大概是他看到我們在前兩天裏，於陽光下搖搖擺擺的時刻居多，在後一天中，於風雨中顚顚倒倒的機會更少，卻在屋中閉門造車的意思較濃，而與村人「打成一片」（鄉長的「名言」）的行徑鮮少，故而有此杞人憂天之問。

旁人對人類學家剛去田野地點，所「抱持」的那種「遊子」行爲皆大感好奇。事實上，這正是人類學家出田野的第一個困境：「太自由」了！以致「自由」得教人發愁。似乎每個地方皆可去，每個人皆可談，可總也只能得出一點浮光掠影。

第一天下午，我們到港口的魚市場，去找漁民閒談，去看橫屍在地張著嘴的鮪魚，去嗅那市場的腥濕味時；遠遠的，我們瞧見七、八名男子，理著光頭，正將一袋袋不知名的貨物擡上卡車。那派氣勢，教人看不出是種勞動的辛苦，而覺得似是筋骨上的舒放；且間或有些時刻，他們還拱著腰由低處躍跳上高處，如隻快活的蝦子。常常他們也說些我們聽不到的話語，之後，便發出幾聲的爆笑，旁若無人似的。而警察則靜靜的在旁邊站著，嚴肅的表情，極盡給人受盡委屈的錯覺。當他們的貨車經過我們身旁離去時，我們皆不禁用好奇的「仰角」眼光望著他們。也許他們察覺出我們那種茫然的神情，因此，便用著放蕩的笑聲和戲謔的表情來回報我們；有人尚且露出一種調皮或者嘲諷的憐憫眼光，由車上向下俯視著我們。

離開港口，我和查理士在沙灘上散漫的走著。久久，查理士忽然爆出這麼一句話：「他們看起來好像很快樂的樣子！」回想剛才的情景，和我們相較之下，他們在那被允許作點放浪形骸的有限時間和空間裏，似不只尋得了生活上的趣味，而且還較我們更易抓住這渾沌人生深處底下那條自由的泥鰍。這情景雖有點反諷，不過，倒也教人眞眞實實的去反省史賓諾莎說的一句話：「自由乃是對必然性的體認。」那羣犯人從長期的法律束縛和牢獄教條中，既領會到自己在那條線內該作隻馴服的羊，在何時可在線外扮演隻頑烈的猴兒。於是，他們便在那一個個的小觔斗中，取得「此時」十萬八千里的快活。相形之下，這三天我們雖看遍了全島，在他人眼中我們的腳是悠遊的，在他人腦中卻毫不明白人類學家此刻的心靈是飄泊的苦悶。因爲，只要他尚未尋得其研究上的必然性，那麼島上的每個足跡皆是其精神上的牢籠的投影。

難道：生不過三個月的知了，又遵循著一定的蛻變路線，在如此狹隘的生命範圍中，其所享受到的生之自由，竟遠超過七十長載、漫漫不確定的人類？知了永不歇息的叫聲，莫非象徵著它生之壯麗與自由的驕傲？

喪禮中的「生氣」

說實在的，當初我與查理士去看這件喪事，多少是抱著點看戲的心理。來這島上已四天了，一切皆平靜得很，除了看人殺了兩次豬，其它便再也沒有發生使人眼睛發直的事。喪家是在中寮村一條住著較少戶人家的小路旁，對面便是一大片的海芙蓉。島人告訴我們把海芙蓉、山芙蓉煮豬腳吃，可治風濕症。我們在晚餐後，耳朵循著那震天的哭聲，鼻子辨著那愈來愈濃的芙蓉樹味，於強烈的東北季風下踯躅而來。在路上，我告查理士那擴音喇叭傳出來的女人哭聲，極盡委婉動聽之能事。查理士問我：「你認爲她『唱』得很好？」我教他注意聽句與句間轉折換氣處，尤其是她拿手處。那種哭腔上的欲斷不斷，不盡纏綿的流盪，教人想起寡婦的柔媚處。

我們來到屋前，只是遠遠的站在芙蓉道上，輕輕怯怯的遙望著。既怕觸怒了喪家的情緒，也怕沾染上他們那股詭異的氣氛：我們皆見著在大門後立著一個巨大的冥紙屋，屋子是用白紙、紫色紙、褚紅色紙糊成；在屋中黃色燈泡的照射下，間雜著麥克風轟然而出的哭腔，熱鬧中還散放著一股狂亂的氣氛。刹時，有種走在臺北西門鬧區，霓虹廣告看板下的錯覺。

很荒謬的，喇叭聲裏那女子的哭詞，是不斷用著歌謠曲式，循一定、不斷反覆的旋律，埋怨死者爲什麼要棄生者於不顧；好似今日活下來的人，乃是存活在淒涼的痛不欲生世界。於是，死者的「冷酷無情」在喧嚷的麥克風歌聲中，反將生死的界線弄得曖昧難明。我記起蕭紅在《呼蘭河傳》談到她祖母死時，家中也渲染着同樣的熱鬧和歡笑：

「大門前吹著喇叭，院子裏搭了靈棚，哭聲終日，一鬧三了不知多少日子。請了和尚道士來，一鬧鬧到半夜，所來的都是吃、喝、說、笑。我也覺得好玩，所以就特別高興起來。」

回程，我們依舊在喧鬧歌聲的浪潮下退去。走在芙蓉道上，我想起了豬腳，想起今天下午那隻翻倒在地、四腳朝天的豬。殺豬的人告訴我說，那是明天早上用來拜天公作犧牲。

「看見」聲音——生之鬧劇

離開綠島的那天早晨，約莫是五點半的光景，我被一連串的鞭炮聲吵醒，朦朧的頭腦浮游著驚奇：有人這麼早辦喜事的嗎？還是大家樂開獎嗎？時間上似乎皆不太可能。早飯前我將疑惑推向校長，他說：「好像南寮村昨天有人結婚。」卽便如此，爲什麼大清早放鞭炮呢？叫新媳婦起床嗎？

去機場前二小時，我又跑去南寮村拍照。正在巷子間竄來竄去時，又聽到一串鞭炮的響聲，於是立卽由巷子奔到馬路，聲音早已杳然。我遂逐戶去尋覓門上的紅布幔，地下的鞭炮碎紙，竟全然得不著一點蛛絲馬跡。我很頹然的坐在堤岸上，望著天上灰濛、喪氣的雲。我也學著堤岸上一隻黃色的狗，無聊的循著堤岸的方向，在東北季風中擺盪著無精打采的步伐。不一會兒，卽瞧見一名八、九歲的男孩，在他家後院朝隻擺弄著尾巴的鴨子丢著飯粒。於是，我便坐下來看那隻鴨：前進時是先動左腳還是右腳；後退的時候，是將屁股右擺還是左擺來維持身體的平衡。就在我拿起相機由觀景窗裏方見到那黑白相間的鴨屁股之時，鞭炮聲突響。我立卽由堤岸上跳下，躍進那小男孩家的後院，那鴨像被我濺起的水，驚慌的噴到牆上。衝到街上，我左右四下迅速的轉動著頭，卻只見郵局前一輛五輪的小貨車，輪子悠悠緩緩的推進，排氣管卻急躁的響著短促而連續的「鞭炮聲」。我奔到車旁，發了好一會兒楞，久久才發覺郵局前那條黑白相間的狗，也望著我發楞。那一剎那，我靈魂裏混雜著一種想哭的不眞實感，及一種想狂笑的荒謬感。

這一連串的荒謬情景，似不免教人想起蠶的荒謬行徑——作繭自縛。然而自縛是爲了蛻變，蛻變是爲了生命的延續。莫非人類蛻變的可能性，卽在於由這類的曖昧、荒誕情境裏點燃開來？反而是荒謬衝擊出人類生命的豐富與洗鍊？

生命的流轉

七四年我還在軍中時，讀到一本敎我覺得十分荒唐而又離奇的書。但是，這本書卻是使我這一年半的軍旅生活，懷有幾分宇宙的情愫在不時的默想中。說這是種情愫，而不是種宇宙觀，乃因這道科學的假說，是由理性與神秘色彩揉捻而成。而這回我在綠島四天「加上」在臺東一個山地村落一天半的時間，其中所發生的一些相類似的事件，使得兩年多來的這種情愫，逐漸轉化爲某種生命流動、宇宙循環的視野，兼而得著一分親近卑微生活的情趣和尊敬。

書上說一九六〇年後，物理學上最重要的進展，是一九六五年由物理學家 John Roll所提的「貝爾定理」。這定理顯示，某種物理體系分裂後，這些體系間必然仍存在著某種關聯性，而這種關聯性乃宇宙中絕大多數運轉過程的共通性。舉例來說，如果兩個體系（如北極熊與法國南部的六輛火車）在過去是相連在一起的話，那麼在它們分開後，隨後的行為表現間仍將有某種關聯性。因此，很可能那隻北極熊在跳進北極海後，會導致法國南部那輛火車的爆毀或出軌。

也許，在「我視野內」所發生的事件，並沒有這麼極端。不過，我還是很難理解：為什麼在這五天半中「綠島」上發生的一件喪事，「正好」與「臺東」那山地部落中發生一樁改嫁（喜事）、一門提親、一件半夜老人去世的事件，構成一種婚喪（象徵生死）的平衡關聯。世界上各地，每天皆有人去世、出生或結婚，這本不足為奇。我所疑惑的是：為什麼在「這個時段」、「在我的視野範圍內」，生命的流轉正好達成某種消長的平衡。後來，我又告我朋友說，我在綠島看見當地人殺了兩次豬，在臺東山地時，又見原住民殺山豬，為什麼都教「我」遇著了呢？其中有位朋友抓抓頭，一拳擊在桌上，大叫「因為你屬豬啊！」

人的蛻變

那是我在綠島的最後一個晚上，和查理士去看過那喪家後，他回住處，我去打電話告家人離開島後的行程。正巧遇著一五十出頭的婦人在撥電話，她說她撥不通，教我先撥。我問她撥那兒，她告我臺北松山，我聽了很驚訝，問她是來這訪友還是探親？她說都有。來多久了？三個月了。我電話也撥不通，索性便和她聊了起來。她說她還去沙灘撿了兩袋的石子。那石子漂亮的很，我心中有點納悶：三個月？我天天在沙灘上走，怎麼也不覺那石子漂亮？她還說與友人租了棟房子，歡迎去看看。我很好奇的去了。月黑風高中，在爬往高坡處的樓梯時，她用畏畏的聲音說：「我們是一貫道的……來這裏開佛堂。」

脫鞋、進屋，入目卽見佛像。眼前的傳教人，除剛才那婦人，率皆二十出頭貌。右壁貼著作息表，左牆則掛著些警世箴言之類的字，供桌上立著兩隻大紅燭，一個香爐，香煙裊裊，氣氛肅穆。大家互道島上遊走心得後，我便問起他們一貫道的宗旨、教義。這些原本語詞謙恭的年輕人，頓時換了樣。先是眼睛放著光，聲調較方才昂揚了些，挺著胸，滔滔不絕的道神義言神事，音雖溫卻靭而勢強，如江河水，我感到喉嚨滿是津水，鼻頭空氣盤桓難進出，腹部肌肉發僵，遂起身告別。出門，走在街頭，回想剛剛的情景，不禁有點感動，也有點感慨。反思自己近三十年的生涯，不記得有什麼事曾使自己如這些人般，把一張白臉喚出令人眩目的神采來。

拭去頭上的汗，覺得肚子有點空虛，遂走進一家麵店吃將起來。斜對面桌子有三名三十出頭的男子，忘情地划拳。吆喝之聲，令人側目；聲嘶力竭的近乎每一聲皆關乎生死存亡。他們好像已然不知道這是近深夜十一點的孤島，包圍在他們四周的似也已然不是太平洋而是竹葉青。我望著他們揮動的拳頭，顫抖的肌肉，想起了乩童。他們也是閉著眼，嘴裏嘰哩咕嚕，全身打顫，腳步蹣跚的。

出店門，「孝女」柔媚哀怨的歌聲依舊在東北季風中飄搖著。我想，每個人在某些時刻裏，皆可能爲某些無形的或不自覺的信念、情緒而顫抖——肉體的或精神的，他就這樣遁入到另一個迥異於其平日的現實（reality）中，在這個世界中，他已然忘了自己在生理上只是個血肉之軀的事實。平日忸怩的人，會發出狂亂的舞姿；原本文弱的女子，成了力打暴烈的母親；校園中悶沉的留級生，在大度路的機車上，不知其後座正載著死神。他們皆「變」成另外一個人！於是，曹雪芹只有「蛻變」成賈寶玉和林黛玉，方有中國五千年來最偉大的小說出；福樓拜在「蛻變」成包法利夫人後，方得成就十九世紀寫實主義小說的經典；馬克吐溫「蛻變」爲湯姆索耶後，兒童的心靈世界方進一步爲世人所理解。

前些日子，有位學攝影的朋友告訴我她失戀了。她問我「愛情的眞諦是什麼」？我反問她能否告訴我攝影的意義是什麼嗎？亦或藝術的最高宗旨是什麼嗎？她已然悲傷的說不出話來。我想，攝影之道的最高境界，乃在運用攝影器材（這是其獨特的探索甚或「蛻變」管道，亦是其「限制」）將客體的潛在本質呈顯出來。因此，愛情的眞諦乃在於經由「蛻變」的過程，深入了對方的本質世界後，得以用另一全新（自己與他的「全新融合」）的視野，再度去詮釋生命、看待這世界。因此，我深信所謂眞正的「客觀」之最高境界，乃在於我們能否深入客體的「主觀」世界，並將其「主觀本質」顯現出來。

因此，我想上帝賦與人類「變形」的能力，並不在「外表」，而在「心靈上」蛻變成「另一個人」的「可能性」。於是，人似乎只有經由這不斷蛻變的過程，方有可能具有宇宙的視野，及俱備「萬物之靈」的可能。也許，這不只是人類學家去了解初民「愚蠢」的行爲後，所深切反省與體認出來的人類學最高宗旨。很可能這也不只是各個學科的最高境界；甚且：這乃人最珍貴的本質，亦是人類社會追求和平的根本之道!?

婚禮·A片·喪禮

最難以告白的，
並不是罪惡事件，
而是那愚蠢的可羞行為。

——盧梭：《盧梭懺悔錄》

一、畢業後、入伍前：臺南的喜宴

民國七十二年六月，我把那身黑色的畢業「戲服」脫下後，心中懷著一份解放後的舒暢感，及幻想極多卻又寂寞極大之感，回到家中，我把學妹送我的《國家的神話》束之高閣，因爲我知道它無法解開我三年來唸社會科學的所有憂鬱：這個宇宙是龐大的，這個世界是錯綜複雜的，而這個社會裏的人是善變的；究竟我們有沒有什麼方法，可以捕捉到人類的永恆面與暫時點？究竟我們可不可能用理性的邏輯法則，把這個世界的紛亂和狂放，收藏到心靈深處，並轉化為一份既莊嚴又瑰麗的情感？於是，我再度拿起書唸了起來。

那股勁是狠命的！當時我的感覺是種氣吞宇宙大地之勢的氣魄，現在我仔細想來才明白，這其實是種恨不得一腳下地即可粉碎什麼東西似的衝動。連父親皆察覺出家中最近竄出一股怪異的空氣；他說我最近睡著時，老用英文說夢話。七月初，住在臺南的吳兄打電話邀我去他家玩玩，並喝他二哥的喜酒。我帶著一份與過往生活方式相決裂的心情，離開了臺北這個被困在羣山之中的城市。

喜宴的內容一如以往我所參加過的，然而，其節奏卻是驚人的：每道菜之間相隔不到五分鐘。我和吳兄其他幾位朋友，下筷不到二十分鐘，皆為這迅雷不及掩耳的「食速」，逼出一身的熱汗來。到後來，我們皆不得不用桌巾來拭去手臂上的汗水，而乾燥的大地卻吸取我們頭上、身上的「甘霖」。

宴罷，吳兄那幾位朋友皆說再不出去走走，便要給汗水淹沒了。一行年輕男子，遂把那裝著一肚子酒與肉的身軀，投到小鎮的各個角落去晃著。每個人的話皆多得很，像溢出酒杯的酒，不時潑灑在街道上；行人皆用異樣、不滿的眼神遠遠的望著我們。最後來到一家旅舍的門口，衆人竊竊私語後，便兵分兩路，覺得當趁此節日放浪形骸的便進了那座昏暗的房子；覺得如此有褻瀆、不敬之感者，便進入近旁的另一座昏暗的房子——戲院。

影片內容的粗俗與「直接」，使我想起方才進來前，正要買票的時候，那坐在藤椅裏的中年男子（著一件與牆壁同色的白汗衫，及與藤椅同色的米黃色短褲）。他告訴我們說一個五十塊——連買票的過程都免了，說著便把錢收進自己口袋裏。這個不必買「票」看電影的經驗，一者使我懷疑這收票員很可能就是戲院的老闆，二者這時我才明白戲票的多重意義。而這家戲院的門，說來在電影上映時眞扮演了一部分聲、光方面的重要角色。它的門是關不住的，只要微風一吹，那兩扇門便呀呀的搖動起來。此時，臺下觀衆的神情便極具有表現主義的風貌；同時銀幕不時會有一部分區域因陽光的滲入，而成爲一片空白。這種情形有點反諷，這樣「設防」不甚完全的情形，難免有「春光外洩」之慮，而今卻因大自然現象（陽光）的入侵，而使得情勢倒轉過來。我懷疑在此情勢下，觀者想滿足其感官上的刺激，恐怕不靠點性的幻想是難以久坐的。

次日中午我便回臺北家中了。

整個下午，我拿著 Eco 的書在家門前的石階上翻著，心中是十分的矛盾。近四點時，適逢郵差送信來，我問他爲什麼現在中午都沒人來送信呢？他說：「我們現在人手比以前多了，改成只送下午一次信。」說完笑了笑，騎著腳踏車風也似的走了。我在那兒楞了半晌，一直不解其話中的玄機。遂進屋去，將《國家的神話》拿下來隨意的翻著（該書封面上的佛像其眉與眼優美的線條吸引著我），書中六十九頁的一段話教我難忘：「蘇格拉底的懷疑論打算摧毀知識的多樣性；因爲知識的多樣性矇混並阻礙了唯一重要的——自我認識。蘇氏在論理和倫理領域方面的努力，不只是要澄清，而且還要強化和集中。以複數形式論『智慧』或『德性』，蘇氏認爲這根本是錯誤之見。」

次日下午，我又遇見那郵差，他依然對我笑了笑，且又匆匆的走了。此後，我便沒再見過他。

後記：我嘗試由這一些輟段的經驗中，去反省人類行爲間的相關性——符號學家與亞里士多德皆有相「類似」的野心：企圖由某種大一統的理論去掌握這宇宙的一切現象。這和許多人想由色情活動來「窺伺」出人類性行爲的本質，有著十分「相近」的旨趣（或許這兩者間實乃爲變形關係）。另一方面，郵差的那句話，毋寧使我們更加相信電影裏的省略（ellipsis）手法有其穿透宇宙本質的無窮韻味——因爲這世界從來不曾完完全全的展示在我們面前。因此，科學家的野心注定了其悲劇的結局？而A片與其他色情產物乃物質文明之「必然的文明表現形態」？

二、南投：A片中的喪禮，喪禮中的A片

我對都市向來沒有什麼好感。今年六月，趁著我在民族所的工作已近尾聲之際，心中懷著幾分自我放逐的鬱悶與對鄉村長久以來的愉快默契，和謝兄一塊兒回他南投的老家。他家裏原本有一塊近百坪的「小」花園，由於十幾年來任其「自由」發展的結果，如今若是一個人跑了進去，白天和黑夜似乎分別不大，我對謝兄說這是練習叢林戰的好地方（他是名職業軍人）。到他家的頭兩天晚上，我們騎著腳踏車，到猫羅溪上的白色長堤去抽煙。天上的星光，堤上我們二人的小火光，堤旁草叢間螢火蟲的冷光，間雜在無盡的白色長堤四周，恍惚間令人有身在雲河的神秘、蒼茫之感。

端午節次日，黃昏時，與謝兄至附近的山中，想拍幾張風景照，期望將大自然的靈氣帶回都市，以便隨時稀釋積存的市儈氣。然而，不知是大自然捨棄了我們這「人間孤兒」，抑或我們已捕捉不住其微妙的神韻，我們總無法由黑箱子中觀察出宇宙的美麗、渾厚或曖昧(ambiguity)。下山後，我們在山腳小鎮上的冰店吃冰，觀看對面裸著上身，蹲在石階上無事相互謔笑的消防隊員。昏灰的夕陽，照射在冷清的柏油路上。

晚飯後，謝伯父在客廳播弄著卡拉 OK，忽然想起黃昏後我們下山時，在小鎮上看到的幾張A片海報，我跟謝兄說：「咱們去『查訪』一下如何？」他說了個「可！」。

在戲院門口，看到旁邊搭著的一個長方形的棚子，有一人著黃袍、戴黑帽，手中不知拿什麼不斷的揮著。嗩吶的聲音夾雜著鑼鼓的節奏如排山倒海般的放肆開來，不曉得這是對死者的哀悼，或者是對戲院的抗議、對觀衆的嘲弄？謝兄說：「喪事？」我點點頭說：「超現實的！」片子放映期間，外面的鑼鼓依然喧天蓋地的由牆縫中穿透進來，而嗩吶淒厲的叫聲也不甘落後的擠了進來，在每個人的四周像遊魂般的穿梭飄移。銀幕上的情景，更透露出一股詭異的氣氛：兩名著白紗的年輕女子，用手、用嘴、用腿，互相在對方身體「一些轉彎抹角的地方，一些幽僻的地方，一些墳起與一些窟窿」（沈從文：〈柏子〉）處憐愛著。且又不時在彼此的身上塗抹著亂七八糟的油彩，卻又起身將這些油彩「畫」在橫掛在其四周的白紗上，用乳峯作出線條，再用其曲扭的豐臀壓迫出一團團放浪的山巒。

我的感覺是荒謬的，這不僅是表象上的荒謬。銀幕上的性愛交歡（「生」）與外面喪禮法事的悲淒（「死」）是如此強烈的不和諧，而且是深層結構（deep structure）的荒謬；官能上的性刺激與喪禮超越性的象徵意義，這種生、死關係由表象而轉入實質內容的錯亂。然而，深思下，我有理由相信一部分的原因，當歸罪於企業管理上所言之「區隔化」（segmentation）——這種科技文明的特有專業手法。現代的電影院與以往民間的野臺戲（如外面喪禮法事）相較之下，一個是理性化的、焦點式的；並企圖用理性的抽象架構去囊括（或言「約化」）一切人類的經驗（包括情感上的經驗）。而另一個則是以一種近乎儀式性的、放射性的角度，教觀者遊移在眞實（臺下、臺後、臺旁）與虛構（臺上）之間：這種走動式的觀察及半參與行爲，似乎要比現代戲院囿於理性思維下的諸多禁忌（taboo）：不許抽烟、談話（溝通的阻絕）、吃東西、隨意走動（時間、空間的限制），更能「體會」（empathic understanding）出人類行爲在整體情境下的觀念來。因此，反觀A片在這種戲院結構下，不僅是種感官的刺激與壓抑，更由於「區隔化」的作祟，使得感官只有被打入本能的反應圈中去速食。

出了戲院，謝兄帶我去一株百年大榕樹下「品味夜色」。我們坐在樹前的鐵條椅上抽烟，樹下立著一座小廟，昏紅的燈光映射著裏面的香火裊裊，樹上的小樹籽不斷打在我們身上，星光逐漸朦朧。我們站起身來正要離去，才發覺這個地方給人用水泥築隆起來，且用鐵欄杆在四周框起來。不知是否烟抽多了，起身去牽腳踏車時，忽覺有點暈眩。我四下望了望，覺得這條馬路像個駝子，而我們就在這駝峯上。

空曠的南投市街道，不時迴蕩著腳踏車尖刺的煞車聲；不知怎麼我忽然想起，我在成功嶺的伙房中，看見阿兵哥將刀刺進猪心時那淒厲悠遠的嘶叫。次日，我便離開了南投。然而猫羅溪上月夜下的白長堤，至今猶不斷的在我夢中出現。

兩個世界——
一九八二臺東田野實習

「有有也者，有無也者，有未始有無也者，有未始有夫未始有無也者。俄而有無矣，而未知有無之果孰有孰無也。」

——莊子，〈齊物論〉第二

"True reality is never the most obvious of realities, and its nature is already apparent in the care which it takes to evade our attention."

——Lévi-Strauss, *Trites Tropiques*, p. 61.

離開大南那天早晨，我們爲趕上第一班公車到臺東火車站，醒時，腦袋就像近處的山巒一樣。山被虛無縹緲的霧圍繞著，使得它不只具有白天時的雄偉氣象，更帶著黑夜中的那份神秘意境，而我們的「霧」，則往往使我們分不清「霧」與我；但是，在夢裏，這種掙扎卻因著佛洛伊德的解釋，我們反而能更清楚的意識到。現代人也許要自嘲於，文明的進步，眞理反要向夢中去尋求。而我們這羣社會科學的初學者，則自諷於，與魯凱族人的對飲，吃檳榔後的「霧」我的忘狀。撲紅的臉，象徵我們在向去除文明式的害羞與謹愼做最大的努力。我們來此作田野，科學是我們的方法，理性是我們對自己的依憑與自信。然而，在我們追求眞理的過程裏，第一個步驟，卻要先甩掉這兩個「包袱」與「抱負」。

「我們乾杯！」一位在為她表哥餞行的小姐，見到我走進屋子，這麼說著。

「當然可以啊！」我很豪邁的拿起杯子來。

「要是你不能乾杯呢？」

「一定可以！」

「要是你乾不了杯，你說要罰什麼呢？」

「嗯……，一瓶啤酒好了。」

「一言為定！」

我像是倒水一樣，把酒倒進嘴裏。心中感覺到的是一種莫名的興奮之感；我知道屋裏面這些人，他們的眼睛渴望著，大學生的乾杯能給他們某種自信。喝完後，我還故意將酒杯口朝下，讓牛頓的地心引力告訴他們，我做到了。我想，他們的出發點在於跟文明人作體能上的競賽，然後取得對自己的肯定與自信。我感到我像掌握到這所有過程的眞相，我微笑著，並把杯子舉的高高的。

「你乾了杯了嗎？你說，你能乾掉這『杯子』嗎？」「表妹」聲嘶力竭的把這句話喊了出來，她的脖子粗紅。

我先是一楞，然後仰天大笑一番。

我喝著酒，安慰自己「醉酒千杯男兒事」。這的確「荒謬」，但又帶著戲劇性。我感到一種悲哀——一種由文明所加給我的悲哀；文明的「荒謬」竟由我們所「認爲」的不文明的人剖露開來。文明人不只在體能上受到初民的嘲諷，在理性這塊引以爲豪的根據地裏，我們甚至都受到質疑了。也許，文明之所以文明，在於它也意識到「荒謬」，並不是不文明人的專利。

尤涅斯可（Eugène Ionesco）在「禿頭女高音」中有一首詩叫〈火〉，這麼說著：

多腳動物在林裏燃燒
一個石頭著火
樹林著火

男人著火
女人著火
鳥著火
魚著火
水著火
天空著火
灰燼著火
煙著火
火著火
每一件東西都著火
「著火」也著火

「乾」杯又爲什麼不能是乾「杯」呢？

「好，『姑呢呢』的父親是『樂苦涯』，『樂苦涯』有六個兄弟姊妹，老四叫『歐郎』，老五，老六呢？」我向「姑呢呢」說著，翻譯人陳小姐告訴我說他不記得了。

「那沒關係，『姑呢呢』的祖父叫什麼名字呢？也就是說他父親的父親叫什麼名字呢？……也不知道。嗯……那他曾祖父——也就是他爸爸的爸爸的爸爸叫什麼名字呢？」

「姑呢呢」聽了露齒尷尬的笑了笑，擡頭看著站在他旁邊的媽媽「呢媽呢媽」。她嚼了嚼檳榔，歪著頭，過一會，抿著嘴，搖著頭，彎下腰笑了起來，我很少看到一個四十多歲的婦人，笑來是如此的可愛與天眞。她很不好意思的要走進厨房，老梁攔著她又問了幾個問題。但這也夠折騰半天，因爲老梁的廣東國語——把肚子說成「兎子」——，還得經過二道翻譯，才進得了「正主」的耳朶裏。

我們告辭出門來，大南的太陽早已趴向羣山之間，只露出黑紅色的小扇形，搧著一陣陣的夜風——眞正冬天的風，冰涼的。大南的白天是炎熱的，有著廿七、八度，入夜便降到十五、六度，這種天氣上的變化，雖然出乎我們的意料之外，但卻多少滿足我們原初對大南種種奇異的幻想，補償我們剛開始這幾天所遭遇到的挫折感。

也許，小學課本裏所讀到的〈吳鳳傳〉中山胞出草的風俗，早已沒有了；而我們更不會對此心有餘悸。但是，一種基於人性好奇，與對戲劇性事件期盼的心理，這幅情景隱隱約約、斷斷續續的，在潛意識裏用各種不同的方式在翻轉著。就在我們訪談的精疲力竭時，那位老人家指著一把擺設在牆上，尾部繫著一束人髮的番刀，說「這把刀以前殺過人！」時，我們都高興的發出驚歎之聲，用顫抖的手一遍遍怯然撫摸著它；請老人家高舉著它，用力的照了相，像是發現了眞理、掘到了無價的寶藏一般興奮。人類的殘酷，常是「正主」副作用的結果，但往往它的影響與嚴重性，卻是無遠弗邊，超乎其原本的範疇，這恐怕不是「科學」所能解決的，因爲人類並不完全是科學的，甚至是不科學的？

雖然，今天已是我們到大南的第四天，但是，陳小姐今天才開始當我們的翻譯人。由於原先那位翻譯人，有要事在身，臨走前介紹陳小姐當我們的第二位翻譯人。

我常想，若是今天還是原來那位翻譯人來翻譯，不知道我們今天所作筆記的內容，又是如何一番面貌？

陳小姐問我們，問這些要作什麼？這確是個難題，因爲我們不能把在上課時，師生間溝通的那一套術語與符碼完完全全的搬出來。系譜的解釋，會使她茫然於我們對親屬稱謂的興趣；我們對婚姻儀式過程「細膩」處的不放過，則引起她對我們「急於知道」那回事的誤會。我不知道，她剪了我們多少「片」？

我想，那種一傳十，十傳百，百傳千東風西影的謠言，也許，傳遞不出原本事情的眞相，卻傳遞出人性本質的眞實層面。西塞羅說：「他們只學來和別人討論，並不是要和自己談心」，這並不能切中問題的時弊；蒙田的「把它帶在唇端，只爲要吐出來使其散佈於風中」，也不至搔到癢處；惟李白的「白髮三千丈」，才具一針見血之效。人們爲將在其腦海中，構思，發現出「眞理」的抽象世界表現出來，若只是原原本本，平實不怪的搬動出來，必不能發洩他那發現新大陸，欲告示於天下而方休的激動心情。這就像，一個厨師若不在一盤鯨魚肉中，加上動人奪目的副菜，五花八門的調味料，不能顯示出鯨魚之貴一樣；雖然，鯨魚肉並不好吃。

謠言，實在是現實與虛幻所炒出來，一盤糟糕的菜。

人類訊息的多重溝通，固然喪失了訊息的原始風貌，卻也豐富了訊息的內涵與多樣性。科學存在於「精確性」、「不妥協性」中，人類則生活在不可預知的互動情境裏。符號學家說，文字既非現實的仿造，更非現實的縮影，而乃一個新的現實的產生。語言何嘗不也是如此呢！

我注意到報導人他們在回憶過去時，那種深邃的眼神。他們的目光展向過去的河流，我的話題引導著這條河流轉的方向；然而，有時候我不免也成爲他們臺下的聽衆，被他強烈的情感所吸引，跌落到意外的國度裏。這是因爲，他具有自己「美」的感覺，用他自己的旋律，唱出「過去」與「現在」的和聲，而獲得一種令科學所畏懼之藝術上的成就。「現實」與「幻象」在這裏亦難以區分了。他們前面的那座牆，似乎也已不存在了。我好像看到《聊齋》中，那些穿牆入壁的景像一般：

……。殿中塑誌公像，兩壁圖繪精妙，人物如生，東壁畫散花天女，內一垂髫者拈花微笑，櫻口欲動，眼波將流。朱（孝廉）注目久，不覺神搖意奪，恍然凝想，身忽飄飄如駕雲霧，已到壁上。見殿閣重重，非復人世，一老僧說法座上，偏袒繞視者甚衆，朱亦雜立其中。

……少時，以指彈壁而呼曰：「朱檀越何久遊不歸？」旋見壁間畫有朱像，傾耳竚立，若有聽察。僧又呼曰：「遊侶久待矣。」遂飄忽自壁下……。共視拈花人，螺髻翹然，不復垂髫矣。朱驚拜老僧，而問其故，僧笑曰：「幻由人生，老僧何能解？」

……（節錄自〈畫壁〉）

我們大年初五清早由臺北上車，在火車上摟著毛毯朦朧中看到自己和同學們，蹲在一間破爛的茅屋裏吃飯，忍受著二個禮拜沒水洗澡的田野工作時，賣便當小販的吆喝聲卻喚醒了我們在臺東作的第一個夢。我們訝異臺東的太陽，將我們從吃火鍋的時光裏，扭轉到對冰淇淋渴望的比基尼浪潮中。我們迷惘的脫下棉襖，換上短袖衣服。不知是臺東的夏天比臺北來得早（未來），還是她去年的夏天還沒結束（過去），亦或這就是她的冬天（現在）？搭上鼎東客運，往大南的途中，稻田與「荒野」交錯，茅屋與野狗呼嘯而過；洛克菲勒的兒子到新幾內亞作田野，被食人族吃掉的事實，像荒山裏的幽魂，不知何時會出現，但覺它的腳步愈發近了……。

下車時見到正在此地作田野的謝先生，他的模樣很教我們得到一點安慰。待我們的鞋踩在柏油路上時，我們這時才感覺到牛頓的存在：牛頓也帶給我們一點安慰。但是，不到半分鐘的光景，我們卻聽到一陣陣電動玩具的音樂聲傳來，我們轟然大笑，頓足不已——「富蘭克林」也來了！我覺得像被嘲弄了一番，又像是在夢中一般。我們在現實中穿梭來往，卻得到了個夢似的印象；小說家云，現實比小說更出乎人意料之外，確實不錯。然而，「何人能解」呢？

元宵節那天晚上，我正蹲在我們住屋前的水溝旁洗衣服時，看見一羣孩子擁著一道光，從我旁邊經過。我隱約聽到他們在說「男生也洗衣服」。

「你們在幹嘛？」

「我們在遊花燈！」

「等等我！」，趕緊把洗好的衣服，與還泡在臉盆裏的衣服端進屋裏，趿著拖鞋便奔了出來。「夜遊啊？」，我順眼看了看他們提在手中上書「牛仔屋」三個大字的燈籠，不禁莞爾。「我們看『牛仔屋』的人已經睡著了，順手便拿了下來。」一個戴著眼鏡的女生說著，她是我看到的大南人中第一個戴眼鏡的，我很好奇的看著她，差點也忘記自己也戴著眼鏡，是他們的笑聲喚醒了我。「妳叫什麼名字呢？有山地名字嗎？」她搖了搖頭，其中有一個國中小男生搶著說：「我們幾乎都不會講我們自己的話了」。來到大南河畔，這兒聽不見水聲，因爲每年此時，大南河幾乎完全乾枯了；只剩風兒在大地空洞的吹動著。

有一個高一的女生，指著對岸的比利良（這是大南魯凱族人原來的舊居），述說以前大南會所訓練青年的情形。我黯然點著頭，不知道對岸的大南祖先可聽懂他們子孫所說的話？他們對其子孫的說法可滿意？他們能認出這輩人中，誰是他們的後代，誰不是他們的後裔嗎？

回顧這一代中國青年的處境，也有著相同的困擾。

這一條沒有水的河，仍可以向人誇躍的，一是它那塗著鋼筋水泥的堤防，一是它可用那空心的河道，來容納東一堆西一撮的屯積物。它沒有了源源不盡的水流，自然不能稱作是河了。大南只有一個月亮；大南的月亮是寂寞的。

我不知道，每年各大專院校的山地服務社，到山地去宣揚文明（這恐怕應該說是西方文明）的「福澤」是對還是錯？但有一點可以確定的是，他們的文化，在現代文明的衝擊下，已所剩不多；甚至，他們的眼睛也不像以前那樣敏銳。眼鏡是說明他們對現代文明更加敏銳，還是象徵著「蒙蔽」的困境（鏡）呢？

人類學家（Lévi-Strauss）擔心的是「現在威脅人類的是，將來有一天我們只成爲一個文化消費者，……但是自己卻喪失了原有的獨創性。」人類最重要的資源是人類文化的豐富性，它提供各種充滿分歧與選擇的可能性。人類學家愈是從其田野工作中蒐集到更多的資料，便多發掘到一處人類智慧的泉源；如此，西方文明不再是一枝獨秀，而眞理也開濶了自己的視野。建立起更高的可信度。

雖然，我們的工作追究於科學性的事實，但是，田野工作——我們稱它爲「我們的成年禮」——的從事，使我們更接近於詩人的意境。科學要抹殺人類的情感來建立它的權威性，文化的內涵卻顯示出科學的單調，人性的本質則道盡科學的苦悶與無奈。然而，事實上，科學家的身體裏是流著詩人的血液。英國數學家懷海德評論羅素，「你以爲世界像是晴天的中午，我卻認爲像是大夢初醒的淸晨。」這不像是科學家講的話。心理學家佛洛伊德以夢和神話，作爲他理論的根據；人類學家 Lévi-Strauss 則用閱讀樂譜的方法來分析神話，然後找出人類普同（？）的「二元思惟」法則。似乎，科學愈往前推進，便多添加幾分詩意。華滋華斯好像預見了這個事實：

……

這山啊
有多高聳入雲端
就有多深映入水中

這何嘗不也是人類自我的寫照呢！當我們愈往「現實」探究時，我們心中愈是「幻象」重重。人類學家走出書本，去和別的民族長久生活在一起，學習他們作夢的方法；再走回自己的國度裏，尋求全人類普同的作夢的方法。但是，其他的人有意見，要批評他。於是，自然科學家想到，只有在外太空才能造出近乎百分之百理論的東西來；社會科學家則認爲，只有另外一個地球的存在，這一個地球的和平才有希望。然而，這些理論都是在這個地球上建立起來的。

值得注意的是，在我們借用外來的文化時，不忘低首看看水中的影子，我們是站在那裏？我們是否站對了位置？小心不要讓山上的滾石，跌落下來，砸到自己的腳，混淆這面清澈的鏡子。

發表索引

1. 〈蝴蝶球傳奇〉　「臺灣時報」　一九九三年一月十一日～十二日
2. 〈散步——在寫作中〉　「誠品閱讀」雙月刊第九期　一九九三年四月
3. 〈在人類學的後面與旁邊〉　「島嶼邊緣」雜誌第五期　一九九二年十月
（此時原標題爲「西方人類學的限制」）
4. 〈「倩女幽魂」與臺灣解嚴〉　「神聖與世俗」一書自序，遠流出版社，電影館28　一九九二年九月十六日
5. 〈辨（一個片斷）〉　「聯統日報」　一九九三年三月十八日
6. 〈尋找反核運動的意義〉　「人間」雜誌32期　一九八八年六月
7. 〈綠島的「自由」與人的蛻變〉　「自立晚報」　一九八八年十二月十六日～十七日

8. 〈婚禮・A片・喪禮〉 「長鏡頭」雜誌11期 一九八七年十一月

9. 〈兩個世界〉 「人類與文化」(系刊)19期 一九八三年一月

三民叢刊書目

三民叢刊33

猶記風吹水上鱗

余英時 著

本書以紀念錢賓四先生的文字爲主，賓四先生爲一代通儒，畢生著作無不以重發中華文化之幽光爲志。透過作者的描述，我們不僅能對賓四先生之志節與學術有深入的認識，並對民國以來學術史之發展有一概念。

三民叢刊34

形象與言語

李明明 著

藝術是以形象代替作者的言語，而在形象與言語之外，仍還有其他種種相關的問題。本書作者從藝術與時代、形式與風格、藝術與前衛、藝術與文化五個方面剖析西方現代藝術，使讀者能對藝術品本身及其相關論題有一完整的認識。

三民叢刊35

紅學論集

潘重規 著

本書爲「紅學論集」的第四本。作者向來主張《紅樓夢》一書爲發揚民族大義之書，數十年來與各方學者論辯，更堅定其主張。本書爲作者歷年來關於紅學討論文字的總結之作，也是精華之所在。

三民叢刊36

憂鬱與狂熱

孫瑋芒 著

輕狂的年少，懷憂的中年，從鄉下的眷村到大都會的臺北，從愛情到知識，作者以詩意的筆調、鋪陳豐饒的意象，表現生命進程中的憂鬱與狂熱。以純藝術表現出發，而兼及反應社會脈動，不但樹立了獨特的個人風格，也爲散文藝術開拓了新境界。

三民叢刊37

黃昏過客

沙究 著

「爲樸素心靈尋找一些普通相的句子」沙究在獲得時報短篇小說推薦獎時曾對他的寫作有如是的感言，他的作品就是最好的實踐。本書將帶領您從浮生衆相中探索人類心靈的面貌。

三民叢刊38

帶詩蹺課去

徐望雲 著

我們都或多或少的讀過現代詩，但對現代詩的了解卻很少，於是許多譁衆取寵的文字便假借現代詩的名義出現，讓「詩人」成爲一種笑話。本書以輕鬆的筆調、嚴肅的心情，引導讀者更接近、更了解現代詩。

三民叢刊39

走出銅像國

龔鵬程 著

「有筆有書有肝膽，亦狂亦俠亦溫文」，身處時代之中的讀書人，傾聽時代之聲，即使漠然獨立，又豈眞無關切奮激之情？看龔鵬程如何以慷慨纏綿之筆，爲當今的社會文化現象把脈，提出處斷的良方。

三民叢刊40

伴我半世紀的那把琴

鄧昌國 著

本書爲作者歷年來對工作及生活的感懷之作。作者以深厚的音樂素養和經歷，娓娓細訴生命中的點點滴滴。一把琴，陪伴走過半世紀的歲月滄桑，樂音寄託壯志，也撫平了激越胸懷。

三民叢刊41

深層思考與思考深層

劉必榮 著

本書收錄作者過去三年多在中國時報所發表的社論、專欄，以及國際現場採訪報導。不僅是世紀末的歷史見證，也代表了臺灣新一代知識分子，對國際局勢的某種思考與詮釋。

三民叢刊42

瞬 間

周志文 著

在本書蒐集的短論中，作者以敏銳的觀察來分析這個急遽變化的世界，試圖找尋一些既存於人類心靈的永恒價值，這些價值並不因現象世界的崩解而全然消失，反而藉著不斷的試煉、考驗而更具體地存在。

三民叢刊43

兩岸迷宮遊戲

楊 渡 著

本書收錄作者對兩岸關係一系列的分析報導。作者以新聞記者敏銳的觀察力，探索臺灣命運與前途，並試圖帶領大家由「統獨」「兩岸關係」的迷宮中走出來。

三民叢刊44

德國問題與歐洲秩序

彭滂沱 著

近一世紀來，德國的興衰分合不僅影響了歐洲的政治秩序，也牽動了整個世局。本書以「德國問題」的本質為經，以歐洲秩序的變化為緯，探索一八七一年至一九九一年間德國與歐洲安全體系的關係。

三民叢刊45

文學關懷

李瑞騰　著

本書作者長期關懷文學的存在現象與發展趨向，十年來除學術性論述以外，更不時以短文形式直指文學現實。其所爲文，或論本質、或析現象、或記實踐，上下古今，縱橫馳騁。作者筆意凝練，文風篤實，本書六十幾篇短文皆有可觀者。

三民叢刊46

未能忘情

劉紹銘　著

充實的人生，不必帶有什麼英雄色彩或建立什麼豐功偉績。如果我們遇到難以忘情的機緣時，能够認識其滋潤生命的價值，人生就不會白活。本書作者即以此爲觀點，記錄人生種種未能忘情的機緣巧遇，文字流暢而富感情，讀來實令人著迷。

三民叢刊47

發展路上艱難多

孫震　著

本書回顧了過去五、六年間臺灣經歷的經濟、政治、社會等種種變局。作者衷心期望臺灣在經濟發展、社會富有之後，能建立一個富而好禮的社會，而不是熱中私利、踐踏他人尊嚴的貪婪社會。

三民叢刊48

胡適叢論

周質平　著

本書是作者最近三年來有關胡適研究的論文集。文中以胡適爲中心，對五四以來科學與民主思潮的內涵進行分析；對整理國故、民主與獨裁等論爭加以探討；並將胡適與馮友蘭、趙元任、魯迅做比較研究。期能爲研究胡適的學者提供一些方便。

三民叢刊49

水與水神

王孝廉 著

從泰國北部的森林到雲貴高原的村落……從漢民族到少數民族，從神話傳說到民俗信仰……行萬里路固然是爲了好玩和興趣，也爲了保存民族文化的精髓。本書爲作者近年來關於中國民族和人文的文字總集，深情與關懷俱在其中，值得細細品嘗。

三民叢刊50

由英雄的人到人的泯滅

金恒杰 著

本世紀初法國作家筆下的人物還散發著英雄的氣味；存在主義興起，代之而起的是有一張惶惶然不可終日的面目的人；在近期新小說作家筆下，人的世界甚或被化約成物的世界。本書卽透過對各時期作家及其作品的評介，揭示人類心靈不斷探索的過程。

三民叢刊51

重商主義的窘境

賴建誠 著

本書收錄作者近幾年發表的非學術性文章，內容環繞著四個主題：評論當時臺灣經濟與學術界的問題；五篇分析式的書評；對兩位臺灣學術界人物的追憶，以及解說法國年鑑歷史學派兩位創始人的特殊關係；介紹法國學術界與文藝界的一些人與事。

三民叢刊52

中國文化與現代變遷

余英時 著

自十九世紀以來，中國遭受了千古未有之變局，在西潮的衝擊下，中國傳統文化有了那些變化？知識分子又如何肆應此一變局？作爲一個思想史學者，作者對這些問題展現了深刻的觀察和思索，彙集成爲本書。

三民叢刊53
椽溪雜拾
思果 著

本書為作者近年來旅美讀書心得、生活觀感。作者人生經歷豐富，觀察入微，涉筆成趣，說理深入淺出。觀世的文章，卻沒有說教的味道，詼諧之文寫來沒有做作的痕跡。有美麗如詩的短文，也有談論科學知識的篇章。適合各階層讀者加以細讀品味。

三民叢刊54
統一後的德國
郭恒鈺 著

兩德統一不是西德用馬克吃掉東德，也不是聯邦德國版圖的擴大，而是兩個政經體制完全不同的國家及人民的重新整合。本書從這個角度出發，介紹統一後的德國在經濟、政治、法制、教育以及意識型態等多方面所遭遇到的諸多問題。

三民叢刊55
愛盧談文學
黃永武 著

本書以中國文學詩歌為主體，為維護中國文字的正體字而大聲疾呼；為光揚中國古典詩在現今美學中的價值而細心闡發；對於敦煌新發現的寫卷資料，也用淺顯筆法作應用的示範；對西洋星座起源的追索以及對「圖象批評」的分析，均極具啓發作用。

三民叢刊56
南十字星座
呂大明 著

人生是一段奔馳的旅程，生命的列車載著你、我向四野茫茫的時空飛奔……當你在生旅中奔馳，請為這本小書逗留片刻，書中有人間至情、生活的哲思、美的闡釋、文學盤古的足音，有清純如童謠般的吟唱，也有鐫心的異鄉情懷……

三民叢刊57
重疊的足跡
韓秀 著

因爲一份眞摯的愛，對文學，對那塊廣袤的土地，對那些親如手足的人；所以有了理解，有了同情，有了尊敬；那怕是擦身而過，也會留下痕跡，留下感觸。本書作者以親身經驗寫她和十多位作家的交往，爲當代中國文學史添加幾頁註脚。

三民叢刊58
書鄉長短調
黃碧端 著

本書內容包括文學隨筆、新書短評、域外書介三部分。作者藉由理性的角度、感性的筆調，評論了近幾年來出版的一些小說，兼論及文學界的一些人與事，並對中文西譯的困難展現出相當程度的關懷。

三民叢刊59
愛情・仇恨・政治
朱立民 著

本書論及四部莎士比亞悲劇裏的各類問題：如朱麗葉的父親對悲劇發生的責任、奧賽羅黑皮膚的反諷、漢姆雷特內心的衝突、勞倫斯奧立弗如何改編莎劇及柴弗瑞里如何處理漢姆雷特的戀母情結等等。

三民叢刊60
蝴蝶球傳奇
顏匯增 著

本書所力圖企及的絕非所謂的「魔幻寫實主義」，而是企圖尋找一個眞正屬於「紙上文字世界」的經驗。作者認爲唯有從紙上經驗「本身」獲得眞實的感受，才能在諸般迥異於文字世界的世界中，洞見出眞正活生生的東西……

三民叢刊61

文化啓示錄

南方朔　著

目前的臺灣正在走向加速的變革中，相應的是一切變革之後的「文化」改變卻明顯的落後太多。「文化」與現實的落差是作者近年鍥而不舍於「文化」問題的原因，本書則是提供讀者一個思考的空間。

國立中央圖書館出版品預行編目資料

蝴蝶球傳奇：眞實與虛構／顏匯增著
--.初版.--臺北市：三民，民82
面；　公分.--（三民叢刊；60）
ISBN 957-14-0827-1（平裝）

855　　　82003343

© 蝴 蝶 球 傳 奇
—真 實 與 虛 構

著　者　顏匯增
發行人　劉振强
著作財產權人　三民書局股份有限公司
印刷所　三民書局股份有限公司
地址／臺北市重慶南路一段六十一號
郵撥／〇〇〇九九九八——五號
初　版　中華民國八十二年六月
編　號　S 85239
基本定價　叁元叁角叁分
行政院新聞局登記證局版臺業字第〇二〇〇號

ISBN 957-14-0827-1（平裝）